수선공 K씨의 구두학 구술

수선공
K씨의
구두학
구술

시인수첩 시인선 025

이종섶 시집

문학수첩

지상에 없는 색을 향한 목마름이 나의 언어,

지상에 없는 하늘색 물감을 푸는 꿈을 꾼다

2부

3부

4부

1부

카멜레온

빛이 터지는 순간 뽐내는 요염한 자태
색 지각의 짝짓기로 영역을 확보하며
살아 있는 가슴에 구멍을 파 새로운 색을 생산한다
망막에 맺힌 진실 세포와 거짓 세포가
낮의 유채색과 밤의 무채색을 감싸며 플래시 세례를 받
는다
지지파와 반대파로 갈라져 싸우는 번식 기간은 수 초,
빳빳한 나뭇잎에 배설물을 묻혀 탈색하고 다닌다
세월도 단숨에 오를 수 있는 네 개의 긴 다리,
휘청거리는 시대에도 단단히 매달릴 수 있는 강한 꼬리,
좌우 배열의 스펙트럼으로 이념을 결정할 때 거침없이
사용하는 도구다
영양 간식 사과는 빨강을 반사하고 파랑을 흡수해
천적 앞에서 강렬한 레드 콤플렉스를 배출한다
안쪽으로 뻗은 앞다리의 날렵한 발톱은 흔들리는 줄서
기에 적합하고
바깥쪽으로 솟은 뒷다리 솜털은 적의 숨통을 끊기에 충
분하다

지역과 혈통을 나누는 색의 연상법은 관습적으로 달라

고귀한 보라종은 동쪽에서 슬프고 순결한 노란종은 서
쪽에서 음울하다

양쪽 눈을 따로따로 움직이며 사냥하는 카멜레온,

머리보다 몇 배나 긴 끈적한 혀로

작은 곤충들을 잡아 아첨꾼들에게 나눠 준다

입을 다물고 있다가 사정거리에 들어오는 순간

단숨에 낚아채는 살생부,

빛과 온도와 감정에 따라 몸통을 자유롭게 바꾼다

개체 수는 줄어도 수명은 길어져 멸종동물이 되지 않
는다

구두 수선공 K씨의 구두 수선학

1

현장 경험에 바탕을 둔 K씨의 구두 수선학은 고대 이집
트가 기원, 불확실한 미래가 뒷굽을 닳게 한다는 명제에
서 출발한다 나일강 홍수로 침수된 뒷굽을 측량하고 불안
한 앞날에 대한 두려움을 보상해 준다

2

발로 뛰는 이집트인과는 달리 머리로 사는 그리스인, 앞
굽에 대한 새로운 개념을 제시한다 앞꿈치로 조심스럽게
접근한다는 앞굽선호이론의 기초를 닦는다 바닥에 구멍이
나고 실밥이 터지는 이유를 피타고라스학파가 보완, 물과
모래가 들어오는 것을 감수하지 못하면 구두를 버려야 한
다는 가설까지 세운다

3

유클리드 구두 기하학 총론 초등 수선학이 완성되는
날, 데카르트가 좌표 개념을 도입해 바닥 수선학을 주창
한다 밑창이 꺾이거나 갈라졌을 때 필요한 창갈이학의
토대가 이루어진다 발을 본떠서 수선하는 모방 기하학도
확립된다 걸을 때마다 꺾이는 어제와 쩍쩍 갈라지는 오
늘이 미적분 수선학의 발견으로 감쪽같이 해결, 내일을
광낸다

4

19세기 위상도입개념, 수학과 자연과학뿐 아니라 디자
인계까지 일대 혁신을 가져온다 뒷꿈치를 꺾어 신어 기
형이 되어 버린 구두 각을 계산해 유행을 창조한다 재료
는 끊어져 나간 실밥과 발자국 무게로 달아 놓은 배고
픔……

5

    늙어 가는 가죽 품평회가 열린다 검은 물약을 마시면 외출이 허락되는 날, 구두 수선학이 기하학을 만나 비약적인 발전을 약속했으나 수선공 K씨의 연구는 지지부진, 전산망 마비로 결론을 쓰지 못한다 미개척 분야 20세기 말 신상 수리학 때문이다

북두칠성

무색의 은하 음료 큰곰자리 꼬리별 일곱 개
미움을 녹인 국자로 사랑을 푼다
원시의 빛을 발효시켜 만든 생명의 기포들
사랑의 기술 제1장 탐구생활에 알코올을 희석하면
스치기만 해도 취기가 올라
바람의 항해에 적합하다
시트르산과 감미료와 탄산이 원료인 에로스 학파는
육체적인 사랑을 동경하는
직선거리 다섯 배쯤에 북극성을 기른다
이웃과 신에 대한 배신
아가페는 두 별의 지극성
희생을 불태워 적경을 비춘다
본능과 차이가 없는 르네상스
3월에는 정오에 터지고
5월과 6월에는 저녁 8시에 집합한다
인공별이 뜨는 사랑의 세속화 시대
맨눈으로 볼 수 없는 쌍성이
인간의 근원적 감정과 모든 문화를 건설한다

표현이 한결같지 않은 변광성 미래는
성애와 우애가 모호해
별 다섯 개가 큰곰자리 운동성단에서 떨어진다
관계가 치우치면 증오에 가까운 편집적 사랑으로
한꺼번에 돌변하고 마는 것인지
수명을 관장하는 별자리에
탄산 가스를 부어 마신 노래가 톡톡
물방울에 입맞춤하며 은하수로 퍼져 간다

노블레스 오블리주 콜라주

고생대 빙하기에서 살아남은 은행나무 대출 기록,
살구를 닮은 열매에 흰빛이 도는 銀杏과 귀족의 사인
Silver apricot

지중해 무역은 잡다한 화폐 때문에 성공하지 못했다
대신 환전업의 발판을 마련한 Bank 칼레가 영국에 차관
을 신청, 손자 대에나 얻는 공손수와 오리발 같은 압각
수로 갚았다

영국 왕 에드워드 3세는 백년전쟁 기부자를 천연기념
물로 지정했다 항복 사절단은 지점을 달라고 호소했으나
정복자는 생명을 보장하려면 누군가 책임을 지라고 했다

대체 은행을 고용해 지급·결제·유통을 뒤졌다 수나무
꽃가루가 암나무에 숨겨 둔 대표 여섯 명이 발각되었다
머리에 꽁지 달린 정충이 앉은 꽃가루받이가 의심을 받
았다 덕분에 자금 수요가 증대해 goldsmith가 등장했다

갑부 생 피에르가 처형을 자청했다 단풍이 아름답고 병충해가 없는 넓고 짙은 그늘을 내놓았다 귀금속을 맡기고 골드스미스노트를 받았다 시장·상인·귀족들도 교수대를 리모델링했다 구충 효과로 시민을 보호했다

사육신의 정신을 높이 산 왕의 식물도감에 강장을 살리는 열매, 허약을 건지는 뿌리, 심장을 구하는 잎을 추가했다

프로파일러 P씨의 고양이 프로파일

쥐구멍을 탐사해서 완성한 고양이 프로파일, 본능·발
육·습성·영역의 네 개 항목으로 꾸며요 쥐새끼의 두려
움이나 출몰 횟수 분석을 통해 독성을 높여요 '파일 두
께 분의 이빨'을 '발톱 나누기 날카로움 제곱'으로 하면
가능해요 고도의 심리전으로 자백을 받아 내는 최면술
이 백미, 오늘의 메뉴를 먹는 도중 근무 일지가 인멸한
유전인자의 법의학적·생물학적 증거를 게워 내요 공복
에 폭식으로 살해된 디즈니월드 시사 특종이 웃어요 현
장엔 텔레파시 반경을 줄이려고 꼬리를 역회전시킨 사향
커피 혈흔이 보여요 반쯤 닮은 지문이 탈출을 시도하다
붙잡혀요 미키와 미니는 365㎞를 달려가 백화점 쇼윈도
에 앉아 쫓고 쫓기는 범죄 심리물 사이코패스를 쇼핑해
요 '밤에만 드나드는 투명한 도둑고양이, 물 없는 세숫대
야에서 코를 처박고 익사, 쥐구멍 안에는 먹다 버린 어
둠의 뼈다귀만 남아 있다……' 포크와 나이프를 들고 검
거해 보니 프로파일러 M의 입맛이 맞아요 무료 쿠폰 여
섯 장의 근거지는 배꼽 아래, 페르시아 연쇄 도망 사건
의 주범 비대 고양이가 벌인 역프로파일링 범죄와 흡사

해요 수컷혐오기피질환을 앓아서 그런가요 파이 냄새는
출입증보다 멋지지만 군침을 삼키지는 못해요 주거 환경
과 잠버릇에 관한 데이트베이스를 구축하는 퇴물 프로
파이터, 쥐구멍을 고양이 목에 난 이빨 자국처럼 바꿔요

피카츄의 미발표 유작
피카소에 대한 미술사적 논평

pika pika, 말문이 트이기 전부터 그린 피카츄, 포켓 몬스터 시리즈를 스케치한다 몽마르트 극장에서 청소하던 보헤미안이 파리를 방문한 피카소를 모델로 제시, 혼성모방기법으로 단기간에 명성을 얻는다 평론가와 대중 모두에게 호평받은 세계적인 몬스터 피카소, 파리의 거지들을 피카츄 게임 속으로 끌어들인다 푸른 피를 쏘며 게릴라전을 펼치는 청색시대, 포켓몬 결투장에 내걸린 피카소의 신장은 0.4m, 몸무게는 6kg, 꽃미남 연애박사의 장밋빛 로맨스를 시청한다 피부는 노란색, 등에는 갈색 줄무늬, 귀 끝의 검은 털로 안녕, 추파와 츄스를 던진다 아이들에게도 인정받는 영웅 피카소, 즐겨 착용하는 일회용 꼬리는 핑크색 요술봉이다 영역 표시 흔적 아비뇽의 처녀들은 암컷들의 식사 시간, 야생의 본능으로 입체파와 육체파를 오락가락한다 볼에는 빨간 반점의 발정 기관, 전기 주머니가 살아 있다 달밤에 교미할 땐 번개가 떨어진다 짝짓기 입술파와 제왕적 항문파가 싸운다 사랑하면 가슴을 비비고 꼬리를 올려 엉덩이를 어루만진다 종합적 입체파 수법으로 10만 볼트를 유출, 20세기

화류계의 최대 바람잡이가 된다 전쟁의 낭만과 필요악을
용감한 터치와 소심한 스타일로 그려 낸 몬스터 대작 게
르니카, 피카츄 침실에 도배한다 약점을 물고 늘어지는
사람을 유인해 pika pika, 달콤하게 키스해 주면 표현주
의가 마취된다 돌아서서 튜브 속 물감을 꺼내 이젤로 구
워 먹는 피카츄, 내일은 배설주의를 창안할 꿈에 배가
볼록하다

노이즈 마케팅

저기압은 저급하게 고기압은 고상하게 전단지를 돌린
다 요란하게 일기예보를 치장한 구설수도 뿌린다 영호남
접경 화개장터의 전압이 높아진다 꿈에 부푼 나무들의
나이테가 방전한다 구미가 당기는 화제를 먹고 자란 가
지들이 천 개의 입을 벌린다 태양의 다섯 배로 팽창한다

소음의 여신 야누스가 벚꽃 만발한 기사를 창조한다
번개와 눈 맞은 구름과 천둥을 잉태한 바람이 대낮에 짝
짓기를 벌인다 관광객을 위한 티저 광고는 0.5초 이미지
용량은 충분하다 관문이 없는 십리벚꽃길에 대형 스캔
들이 꼬리를 문다 달팽이관에 갇힌 포주가 기자회견을
한다

뇌성이 30㎞까지 영향력을 행사한다 TV 오락 프로그
램에 청춘의 번개팅 코너가 생긴다 시그널 그래픽 뇌운
의 정체는 소나기구름이다 스타와 합성한 인터뷰로 커밍
아웃을 계획한다 나비들이 야릇한 향기를 퍼 나른다 모
니터 밖의 적외선과 자외선이 알아서 흥분한다 시청률이

쑥쑥 하늘로 올라간다

　뭉게구름이 트랜스젠더를 다운받는다 벚꽃미인대회와 벚꽃가요제를 휩쓴다 영화와 현실이 불륜을 저질러 사생아의 울음이 대박을 터트린다 호텔에서 전하는 마감뉴스가 호들갑을 떤다 포털의 헤드라인에 묻은 거품이 뽀글거린다 익명의 루머는 비금속에 이끌린다 마이더스의 혀가 마이크를 꽂아 소름을 유도한다

　치고 빠지는 번개와 천둥의 사운드 플레이,
　벤치마킹이 한창이다

드라마 앤 드러머

방송극은 1925년 체신국 시험방송의 조선극우회 낭독이 최초다 금속이나 유기질 섬유판의 원통형 연속극은 고정 배우, 느린 속도, 신파가 특징이다 8·15 해방 후 교양물 때문에 극이 위축된다 〈화랑 관창〉과 〈똘똘이의 모험〉이 100갤런을 담는 강철 드럼을 생산할 때까지 전파를 탄다 18게이지 강철로 만든 최초의 일일극은 1957년 〈산 너머 바다 건너〉와 1960년 〈당쟁비화〉다 민간방송은 범죄와 폭력이 영향을 끼치지만 선의 승리와 악의 처벌을 위해 강철 드럼과 양동이 내부에 합성수지 보호막을 입힌다 1960년대 초 〈실화극장〉 같은 다큐멘터리와 〈양지를 찾아서〉 같은 드라마가 주류를 이룬다 가정이나 억지가 없고 대화는 진지하며 익살은 필요할 때 쓴다 드럼을 이용하면서 나무 배럴을 쓰지 않은 결과다 대한방송주식회사 개국에 맞춰 국극단 창극을 방영하고 최초 일일 연속극 〈눈이 내리는데〉가 조기 종영한다 드럼을 넣지 않고 돌렸기 때문이다 1970년대는 낙태와 아내 학대를 다룬다 난잡한 행위만 늘어나 섬유판 드럼 생산을 20세기 초로 앞당긴다 강철이나 판지 조각으로 만들어 저렴하고 가볍기 때문이다 3대 방송국 시대가 열리면서 드라마가 모양을 갖춘다 동양방송국 일일 연속극 〈아씨〉가 폭발적인 반응을 보인다 〈여로〉는 〈아씨〉를 능가하는 화제작이 된다 1980년대에는 60분으로 늘어나고 황금시간에 방영한다 수지를 입히거나 헐렁한 비닐 주머니로 안을 댈 수 있는 기술 덕분이다 드라마가 방송의 꽃으로 번영한다 꽃으로 시청자를 때리는 드러머 시대가 도래한다 꽃에서 피가 흐른다

홈쇼핑

겨울바람에 날개를 접어야만 했던,
선풍기를 소개합니다

바람을 쐬다 보면 다람쥐 냄새가 날 수도 있으나
　이상하게 생각하진 마세요, 버튼 하나만 누르면 다람
쥐 쳇바퀴로 간단하게 변신하는
　만능 선풍기니까요

　해바라기처럼 생긴 동그란 철망 안에서 신분을 망각할
속도로 달리는 다람쥐들은
　물레방아 돌리기 대회에서 우승한 혈통으로
　평생 AS를 보장할 필요 없는 우수한 품종입니다

　백문이 불여일견이라는 말을 신봉하는 분들은 지금
　땅속에서 빙글빙글 돌아가는 순환선, 서울 지하철 2호
선을 타 보세요
　타자마자 갈색 솜털이 날리는 것을 확인할 수 있고,
좌석에는 다람쥐 털이 묻어 있는 것을 볼 수 있습니다

놀라셨나요?

한낮의 폭염이나 열대야에 시달리는 고객들을 위해, 중요한 정보 하나 살짝 알려드릴게요

2호선을 타고 오신 고객들만 엄선해 만능 선풍기 시연 혜택을 드리구요

고객님이 철망 속에 있는 경품 해바라기 씨를 까는 순간, 심장박동기와 연결된 전기장치가 모낭을 자극하면서 순식간에 다람쥐로 변한답니다

무더운 여름, 남편이나 아내가 짜증나는 사람들을 위한 전략 기획 상품, 만능 선풍기

지금 바로 전화 주시면 신상에 이롭습니다

필드 윤리학
—모럴과 오럴의 해저드 표류기

그린을 읽지 못해 모럴 해저드가 발생해요 무분별한 예측이 회원권을 남발해요 컷오프의 꼬리가 귀에 걸려 내려오지 않아요 18홀까지 기다리기 어려워 슬쩍슬쩍 눈빛을 주고받아요 캐디를 무시하는 어프로치가 소홀해요

직진 드라이버가 러프와 해저드에 빠져요 원샷을 추구하는 티샷이 이율과 고객에 따라 달라져요 티잉그라운드가 심하면 신용 질서가 충실하고 정책이 바뀌면 샷이 흔들려요 금융시장까지 파급되어 금리가 벌타를 받아요

조경과 전략 차원의 증시에 약을 쳐요 적중률이 떨어지는 자들이 심리전을 펼쳐요 언론 플레이가 오럴 해저드에 빠져요 중앙은행 총재와 정부 당국자들의 나이스 샷이 문제를 일으켜요

퍼팅을 위해 머리를 짧게 깎은 연습장이 늘어나요 갤러리들의 경영이 악화돼요 아이언을 들고 아웃오브바운즈를 쫓아내요 경기 불가능 지역을 규제하면서 페어웨이

에 말뚝과 울타리를 설치해요

 계약을 이행하는 자들이 상금을 받아요 혀로 상대를
기만하는 자들이 있지만 필드보다 강한 정신력에 문제가
없어요 펄럭이는 깃발을 냉소하며 미소를 지어요 클럽하
우스에서 플레이를 돌아봐요 계약 조건이 버디를 부당
이익이 이글을 날리네요

 해저드에서 표류하지 않으려고 친목과 사교를 익혀요
아마추어 이기주의와 프로의 무책임이 필드 윤리학을
저술해요 홀인원을 동시에 노려 스테디셀러를 기록해요
계산기를 들고 퍼팅그린에 올라가 교본에서 본대로 자세
를 잡아요 굿샷, 굿 라이프!

 멀리건은 없어요

피아노 해부학
—차이콥스키 피아노협주곡 1번

가느다란 생명의 힘줄을 팽팽하게 당긴다 원시의 무자
비가 살아 있는 철골 구조에 크기나 무게를 가리지 않고
잔인하게 매단다 손가락 끝의 힘으로 지배하는 세상에
서 권력은 꿈틀대며 긴장을 풀고 있다

평생을 갇혀서 살아야 하는 자들의 생애가 야윈 늑골
을 두드려 깨운다 얼어붙은 감시망을 손에 들고 번호 없
는 소리의 피난처로 간다 폭력에 순응하는 시간의 조합
이 흰자위 그늘을 만든다 혼돈이 깊은 잠에 빠져 허우적
거린다

알 듯 모를 듯 이어지는 비명들이 며칠 굶은 새들의
울음을 닮아 간다 기쁨의 편지나 신음의 문상 같은 것
들을 달빛 속에 숨겨 둔다 비밀이 없는 암호를 색출해
황홀하게 태워 버린다 창백한 음표들이 깃털같이 가볍고
날렵하게 이륙한다

희고 검은 감옥을 파괴한다 미지의 세계로 날아간다

형체도 없이 사라져 버리는 새 떼의 비행 기록을 블랙박스에서 제거한다 굴욕을 견디지 못해 허공에서 침몰한다 언어가 없는 자유라고 듣는다

  귀가 젖은 자들이 모르스 부호를 타전한다 최종 목적지는 투명한 죽음이다 껍데기를 벗고 무덤 속으로 뛰어든다 밧줄에 걸려 있는 태아들의 꿈을 독수리가 쪼아 먹는데도 죽지 않는다

터미널 곤충기

밤 12시 종을 치면 이름 없는 벌레들이 불안해요 솟아
나는 이빨은 갈고리 같아요 털은 아늑한 구멍 밖으로 나
가 시계를 물어뜯어요 기계가 조립한 사막은 블랙홀보다
무서워요 영역의 미련을 버리고 터미널에서 배회해요 먼
지처럼 날아다니는 거리에 사방천지 지뢰만 가득해요 떨
어지는 낙진의 찌꺼기를 받아먹어요 광신도의 목소리가
쉬어 가요

부풀어 오르는 냄새가 지독해요 기절한 곤충들에게
치사량의 독극물을 주사해요 다리가 녹아 버리고 날개
는 가슴에 혹처럼 매달려요 거추장스러운 흉물이 또 늘
어나요 주위를 두리번거리며 까칠한 돌기를 핥아 줘요
축 처져 버리는 음모는 여전히 음흉해요 혓바닥에 경련
이 일면 빨간 그림자를 토해 내요 더듬이가 묶인 채로
끌려가요

빈 둥지에서 눈이 뽑히고 울음이 부러져요 나무를 타
고 도망가는 숲이 발칵 뒤집혀요 허겁지겁 배설물 속으

로 숨어 안도의 한숨을 빚어요 이슬 한 방울 섞어 마시
면 삐웅*으로 변해요 송곳니가 나기 시작해 아랫입술을
뚫고 내려가요 땅속에서 꼼짝 못하지만 심장은 살아 있
어요 주름이 생기고 두근두근 내일처럼 이빨이 자라요

• 아마존에 사는 흡혈 곤충.

지렁이의 스웩

환절 고리 목에 걸고 엉덩이 흔들어

눈과 귀를 닫고 입을 크게 벌려 봐, 할렘가의 열과 빛을 온몸으로 느껴 봐, 늘렸다 당기며 속사포 랩을 외쳐, 움츠렸다 팽창하는 환상근이 멋져, 지하철 교각의 스프레이 그래피티, 미끄러지지 않게 센털 달린 비트, 아가미 없애는 변화를 좋아해, 흙 사이 공기를 피부로 호흡해, 암수 한 몸 생식기가 브레이크 OK, LP판의 죽은 노래 믹스하는 DJ, 똥지렁이 둘이 붙어 수정낭에 정자 방출, 줄지렁이 온 세상에 흑인 음악 적자 수출, 무한권력 테크놀로지 크리에이터 야합, 신인류 신세대를 다스리는 힙합, 자유로운 패션 음악 댄스 노래 최고야, 억압적인 학교 경찰 군대 교도소 무대야, 칼슘이 아주 많은 배설물의 영양, 밟으면 꿈틀꿈틀 온몸으로 저항, 물고기 낚으려고 낚시 미끼 됐어, 도망가다 땡볕 아래 미라로 변했어

사계절의 지렁이*가 랄랄라 Hip-Hop!

* 16세기 초 잉글랜드의 왕 헨리 8세의 권력에 저항하다 처형된 토머스 모어의 일생을 그린 영국 영화 〈사계절의 사나이(A Man for All Seasons)〉에서 착안.

38

시조새 생존기

비만 오면 출몰해 먹이 하나씩 낚아채 거리를 활보한
다 호모에렉투스보다 수십 배 가벼운 탓에 하나만 찍어
도 날아오를 수가 없어 땅바닥에 질질 끌고 다닌다 바람
을 타기 위해 애를 쓰다가 발라당 드러누워 아랫도리를
보여 주는 놈, 부러진 갈빗대가 살을 뚫고 나온 놈, 날개
가 너덜거려 다 잡은 먹이를 포기하고 길거리에 주저앉
아 숨을 고르는 놈, 그러나 대부분은 끝까지 물고 다닌
다 지루한 장마가 시작되면 어른 아이 가릴 것 없이 집
에서 나가는 족족 손모가지를 물고 빗속으로 날아간다
폭우 속에서도 젖지 않는 날개는 언제나 탱탱하다 학교
나 마트나 직장에서 먹잇감을 잠시 풀어 줄 때 날갯죽지
에서 쉴 새 없이 흘러내리는 식은땀, 햇볕에 젖은 날개를
펴서 말리기도 하지만 제대로 먹지 못해 골다공증에 걸
렸는지 뼈가 부러져 버려지는 것들이 많다 죽음보다 출
산에만 관심을 가진다는 대멸종의 시대, 접은 날개 깊숙
한 곳에서 자라는 발톱이 제 심장을 찌를 것이다

아틀란티스

거대한 홍수에 빠진 아틀란티스는 보이지 않는다 홍수
보다 긴 가뭄이 진행되면 그제야 모습을 드러내는 아틀
란티스에는 물고기나 새들만 산다 상반신은 새요 하반신
은 물고기인 조어(鳥魚)가 산다는 루머는 전설이 된다

홍수가 끝난 후 새들이 날아와 젖은 날개를 말리며 살
기 시작한 것을 보면 인류의 조상이 새라는 조류 학자의
가설이 맞는지도 모른다 새가슴이나 새대가리 같은 비
속어에 심지어는 몸통이나 깃털이라는 고도의 표현에 이
르기까지 그 흔적이 보이기 때문이다

아틀란티스 출신을 비하하는 말들이 유포될 때마다
처세를 잘못하거나 대담하지 못한 습성을 보이는 자들
은 심장이 조마조마해진다 조어로 태어나 위장하고 살아
야 하는 하루하루가 숨 쉬기 벅차 쪼그라드는 부레가 안
쓰럽다

아무도 보지 않는 곳에서 가슴이나 허벅지를 가만히

만져 보면 옷으로 숨겨 놓은 그곳에 축축한 깃털이나 까
칠한 비늘이 만져진다 은둔에 길들여진 아틀란티스의
피가 거꾸로 흐르는 순간 머리와 가슴이 어제보다 작아
진다

2부

이란성 쌍둥이에 관한 보고서

오뚝이와 눈사람은 이란성 쌍둥이, 헤어져 살아도 피
는 물보다 진해 넘어지고 쓰러져도 우뚝 서는 나날, 오뚝
이는 바로바로 일어섰으나 눈사람은 꼬박 일 년이 걸렸다
생김새는 달라도 유전자는 같아서 누운 몸 다시 세우는
습성은 사라지지 않았다 어린아이 장난감 취급을 받아도
꼿꼿하게 제자리를 지키며 맡은 역할 끝까지 감당하는 생
애, 오뚝이와 눈사람에게는 사람들이 믿고 싶어 하는 희
망찬 내일이 있었다 생일이 언제인지 죽을 날이 언제인지
아무도 모르는 쌍둥이의 비밀, 몸을 일으키기 전에 마음
먼저 일으킨다는 신념 하나로 견딜 수 있었다 서로 다른
세상에 놓인 탓에 쓰러뜨리면 일어서고 쓰러뜨리면 또 일
어서는 동생 세우면 쓰러지고 세우면 또 쓰러지는 누이,
살아가는 방식은 다르나 복제된 DNA는 같은

달의 레시피

그녀가 요리를 하는 시간은 언제나 밤 11시
그릇도 칼도 물도 불도 없이 오직 동그란 쟁반 하나

제자리에서 빙빙 돌기만 하는 재료가 살았나 죽었나
눈빛으로 가늠만 해도 하얀 침이 나오는데 전 한 장
선뜻 부치지 못한다
한 덩어리밖에 없는 반죽이 굴러떨어질까 염려하는
소심한 성격 때문이다

가까이 갈수록 출렁거리는 소리가 들려 어디가 머리고
몸통이고 꼬리인지 알 수가 없다
주위만 맴돌고 있다가
아랫도리를 살피기 위해 허리를 굽히면
이상한 분비물이 화르르 쏟아져 국물의 맛을 바꾸고

채도가 낮은 빛의 칼로리를 줄여 가며 조절해도
식어 버린 눈물은
마른 버짐으로 달라붙었다가 부력도 없는 투명한 깃털

을 선택한다
  날갯죽지도 없는 몸통 때문인지 허공을 빨아들이는
거친 호흡 때문인지
  동공이 가득한 하늘에서 떨어지는 빛바랜 자국들
  낯선 구멍 속으로 들어가 외출을 끊어 버리면

  바닥을 이탈한 배설물이 죽어 가고
  팔랑팔랑 날아다니는 애벌레처럼 고운 날갯짓으로 바
람의 힘줄을 수놓고 싶어도
  하루빨리 특별 요리를 만들어야 한다는 강박에 손이
마비되고
  쟁반 하나만 왔다 갔다 우물쭈물

  해 하나로 익혔다 식혔다 솜씨를 발휘하는 요리사
  너무 눈부셔 쳐다볼 수가 없다
  내일 밤에도 요리를 해야 하는데 초저녁부터 구경만
하는 별들의 딴청

희미한 심장만 줄었다 늘었다 하는 그녀의 미완성 레시피는

　밤에만 진화한다

비누

나를 비벼 자기를 위하는

누군가의 애무

향기를 머금고

거품만 만들어 내다 마감하는 생은

고달프지 않다

아무것도 남기지 않고

사라지는 즐거움

얼룩은 지워야 하고

때는 씻어야 한다

몸뚱어리 하나로 버티다

흔적도 없이 사라지는 기분을 알까

애무하는 일 없이

애무만 당하는 역할

첫날밤을 앞둔 딸에게 당부하는

어미의 몸은

거품이 사라진 지 오래

서랍장에 보관만 하는 비누에게는

위무가 필요한 세상에서

닳아 없어지는 것이 축복이다

씻기지 않는 손톱 밑 때가 거부하는

거품의 감정

다 쓰기 전에

귀찮아서 버려지는 손이

거칠다

부채를 든 여인*

당신을 잊을 수 없어요 화사한 분홍빛 원피스를 입고
무표정하게 서 있는 당신, 참 화려하다 싶었죠

잘 어울리는 색깔에 표정까지 웃고 있었더라면 옷도
얼굴도 다 죽었을 텐데, 창백한 표정 때문에 모든 것이
살아났군요

당신은 이상하게도 검은 부채를 들고 있었죠 가슴을
가린 채 살며시 뒤로 물러서는 듯, 그러나 미동조차 하
지 않는다는 듯, 그렇게 검은 부채를 펴서 무언가를 말
하고 싶어 했죠

그게 무엇인지 짐작은 할 수 있지만 내 입으로 말할
수는 없어요 당신이 허락하지 않으니까요 아직도 결정하
지 못해 검은 부채로 가리고 있을지도 모르니까요

분홍색 원피스가 예뻐 보이네요 처음엔 당신의 마음
을 가리기 위해 그 옷을 입었다고 생각했어요 그러나 지

금은 아주 잘 어울린다고 결론지었어요 원래 당신의 마음이 그랬는데 잠시 어떤 것에 삶이 짓눌렸다는 것, 이제는 알 수 있겠어요

검은 부채가 따뜻해 보여요 촌스러우면서도 차갑기까지 했던 부채는 당신의 흔적에 불과한 기억이었다고, 그 말을 하고 싶었던 거죠?

• 〈마티스와 불멸의 색채 화가들〉전에 전시되었던 샤를 카무앙의 그림.

우화

화려한 날개를 가진 나비만 보면 온 산을 숨가쁘게 뛰어다녔다

날개를 떼어 내 명함만 한 종이에 펼쳐 놓고 사인펜으로 몸통을 그린 후, 코팅을 했다
지갑 속에 가지고 다녀서 좋았다

허리가 움푹 파일 정도로
날개 뿌리까지 뜯어낸 현악기

어깨 위에 앉아 볼을 비비거나, 등을 보이고 앉아 뒤에서 품어 주거나, 나란히 서서 허리를 안아 주고 있었다
정갈한 몸속에서 맑은 소리를 울리는 나비 종족,
날개 없는 몸에서 나는 소리가 미치게 그리웠다

눈부신 날갯짓을 하며 나타난 여자는 스스로 날개를 벗어 버리고 다시는 날지 않았다 나도 날개가 필요하지 않느냐고 묻지 않았다

날갯죽지가 나타났다 사라지고
사라졌다 나타나는 날들이 흘러갔다

날개 대신 고운 울음소리를 얻었지만
허공을 그리워하는 천성을 버리지 못해 소문 없는 숲
으로 떠나 버린 나비 한 마리,

지갑을 열고 구해 줄 자를 기다린다

구름 세탁소

구름을 세탁기에 넣고 돌리면 우당탕탕
물방울들이 심하게 엉킨다
바람 몇 스푼 더 넣고 물 높이를 최고로 맞추면
얌전하게 굴다 잠드는 보푸라기들
블랙홀이 돌아가는 순간 꼬리를 내리는 햇빛에
별들의 그림자가 낀다

머리만 떼어 내 돌리는데
비명 버튼을 누르기도 전에 이상한 냄새가 난다
코를 가까이 대고 킁킁거리며 맡아 보니 아직 빠지지
않은 별들의 상처,
밤마다 구름을 세탁하면서
한 주먹씩 넣어야 하는 푸른 빛이다

세탁기 안으로 떨어지는 유성우,
눈이 멀까 싶어 급히 얼굴을 빼내는 순간
두상은 멀쩡했으나 속은 물로 가득 차 버렸다
미처 꺼내지 못한 표정을 어떻게 할지 망설일 때

부스스 울리는 전화벨,
눈물을 배달해 달라는 주문이다

메아리가 외출하기 전에 도착할까
눈물 한 접시 들고 나섰으나 찾을 수 없다
안개를 두드려 수소문한 끝에
바람의 거리 끝자락에 산다는 말을 듣고
공간 이동을 부르는 초인종을 누른다

어두운 침실에서 돈 대신 쥐여 준 바람 한 장,
깡마른 별 하나가 맛을 본다
물기가 증발해 버린 날은 지상에 가라앉은 눈물을 수
거한다

단칸방 유일한 가전기구 세탁기가
배를 비워 놓고 입맛을 다시는 백수의 나날
구름을 맡긴 주인이 언제 찾으러 올지 몰라
바람만 만지작만지작

안구건조증

어두운 우주에는 안구들이 둥둥 떠다닌다

눈꺼풀은 없고 안구들만 있어

눈을 감거나 뜨는 일을 스스로 할 수 없다

불을 켜고 살아가는 태양 아래에서

눈을 감았다 뜨고 떴다가 감는 사람들

빛에 의해 눈을 깜박이는 동안

각질이 깎여 떨어져 나간다

감정의 거리를 측량하는 지구인 A는

그것을 눈물이라 부르고

이성의 밀도를 재는 지구인 B는

그것을 별똥별이라 부른다

같은 종족의 안구들끼리 어울려

일정한 거리를 유지하며

불특정한 시간을 비행할 수 있는

우주정거장이 폐쇄된 날

외눈박이 감시자들만 살아남아서

행성들을 검문한다

복제인간 병리일지
—풍선 해부학

뼈도 살도 없이 질긴 가죽과 주둥이 하나
먹고 배설하기 위해 태어났으나 자신을 선택한 사람과
입을 맞춰야 살 수 있었다
목구멍에서 뱃속으로 깊숙하게 들어오는 바람
탱탱하게 부풀어 오르는 몸

매듭을 짓지 않으면 푸르르 바람이 빠져 제멋대로 날
아다녔다
물고 빠는 주인에게 매달려 그 속을 받아 주면 입술이
길게 당겨져 조심조심 묶여지는 주둥이

주어진 임무를 수행하는 도중에 할복하기도 했고
누군가에게 끌려가 아무도 모르는 곳에서 목숨을 끊
기도 했다

행사가 끝나면
줄줄이 죽어 나가는 것들에게 눈길만 주었을 뿐
아무도 개의치 않았다 찢어지고 뒤집어진 시체를 치우

면서 눈 하나 까딱하지 않았다

　다행히 바람은 수명이 길었으나
　집으로 돌아가는 설렘도 잠시뿐
　철없는 관심이 사라지는 순간부터 죽음의 공포를 느껴
야 하는 운명
　어느 낯선 구석에서 영혼이 조금씩 빠져나가는 슬픔을
견디며
　울음을 참고 살아야 하는

　껍데기는 멀쩡한데도
　내장이 녹아 버려 쪼글쪼글한 얼굴
　아직 남아 있는 숨에 대한 경외심 때문이었을까
　이내 죽을 수밖에 없는 자의 구걸은
　사치에 불과하다고 고발하려는 순간,

　누군가의 손에 입술이 짓이겨진다

개안수술 사건일지

1

어린 시절 겨울이면 자주 끓여 먹었던 동태

국그릇에 대가리가 보이면 하얗고 동그란 눈부터 먹었다 눈깔을 빼 먹는 것이 얼마나 무서운 일인지 동태 눈알 같은 밤하늘의 보름달 보기가 무서웠고 그런 날이면 덫처럼 생긴 커다란 입에 물려 눈알이 튀어나오는 악몽을 꾸었다 그때마다 아랫도리에 누런 동태 국물이 쏟아졌다 삼켜 버린 동태 눈알이 요도를 타고 나오다 갇혀 비명을 질렀다

2

외진 골목에 버려진 스피커 한 쌍

눈은 뜰 수 있었으나 눈동자는 시커멓게 죽은 맹인 부부였다 서로 의지하고 살면서 적당한 거리에서 알맞은

소리로 노래를 부르거나 악기를 연주하곤 했는데, 어찌된 영문인지 골목에 버려졌다가 끝내는 쇠붙이 눈알 네 개만 고물상에 끌려가고 말았다 시원하게 뚫린 눈 속으로 바람의 눈물이 흘러내렸다 보지 못했던 세계로 가고 싶어 청소부에게 몸까지 팔았다

3

서로를 단단히 묶어 바다로 뛰어든 남녀 한 쌍

지상에서는 서로를 영원히 바라볼 수가 없어 해삼에게 안구 수술을 부탁했다 그 눈으로 서로만 바라보며 아무도 방해하지 않는 바닷속에서 단둘이 사는 게 좋았다 수술 자국이 아물지 않은 눈에서 오징어 먹물보다 더 시커먼 눈물이 줄줄 흘러내렸다 칠흑보다 어두운 밤이 물속으로 번져 갔다 몸을 묶은 줄은 더 깊은 바닷속으로 헤엄쳐 들어가는 지느러미가 되었다

4

부모 집에만 가면 눈을 부라리는 자식들

아비는 멀쩡한 눈을 가졌으나 아무것도 보지 않았다
보고도 못 본 척하는 아비 덕분에 새끼들은 무엇이든 손
쉽게 빼내갔다 결국 아비의 육신까지 흙집으로 빼돌렸다
가지런히 누운 방 한 칸 입은 옷 한 벌 그 외엔 아무것도
없었다 내 눈에 흙이 들어가기 전에는…… 입버릇처럼
했던 말대로 보름달이 뜰 때마다 안구를 갈아 끼웠다

중환자실에서

날개를 접고 회상하는 시간이 부족했을 뿐
아지랑이처럼 피어오르는 기억은 충분히 증발되었다

번호도 없는 감정만을 믿고 사는 것에 길들여져
위장을 뒤지는 내시경에게 시뻘건 속을 들키는 순간
불안한 감정이 하얗게 퇴색되는 것을 막지 못한 탓이
었다

현기증을 참으며 복도를 지나가는 길
병실 문을 열고 쓰러지는 사람들의 손에 들려 있는 망
각의 열쇠 꾸러미

그것을 집어 들고 영안실로 달려가
죽은 기억들을 확인해 보고 싶었지만
동정의 눈빛으로 태연하게 지나가야만 했다

잘못하다가는 모든 것이 끝장날지도 몰라
불나방처럼 쓰러져 갔던 하얀 포물선을 버려 둔 채

추억의 침대에 달린 끈을 모조리 끊어 버렸던 그날

서둘러 도망쳤던 것을 이제 와서 후회할 수는 없다
끈들 속에는 파랗거나 빨간 액체가 아주 느린 속도로
감각의 신경계를 향해 왼쪽이나 오른쪽으로 이동하고
있었을 것이다

표정을 팔아넘긴 눈물도 한쪽으로 움직였을 것인데
보이지도 않는 끈들이 압박하는 힘에 눌려
어디론가 끌려가 버릴 것을 두려워했기 때문일까

재빨리 도망쳐야 했는데 발을 움직일 수가 없었다
발목에 묶인 끈을 미처 끊지 못한 탓이었다

섬뜩한 메스로도 끊을 수 없어
집도의 목소리에 날카로운 쇳소리가 묻어났고
그 소리가 녹슬어 다시 소독해야 하는 사이

전신 마취로도 마비되지 않는 슬픔이

미친 듯 휘갈겨 써 둔 과거로 돌아가는 것을 막을 수

있었다

누워 있는 발목이 시큰거려도

의식 저 끝에 휘어진 화살표는 냉정했다

이제 얼마 남지 않았다 남을 위해 울어 보지 못했던

가슴을

정육점에 걸린 고깃덩어리처럼

흑백필름 속에 고스란히 남겨 놓고 나가야 할 시간이

모차르트의 레퀴엠을 듣는 밤
—빛바랜 일기의 마지막 부분을 서둘러야 한다

언제나 시간이 문제였다, 조금 남거나 모자라는

내 흰 손을 바람의 심장 속에 넣었다 빼면
흔적도 없이 나타나는 소리의 균열들
낡은 서랍 속에 숨어 불면의 밤을 연주하다 잠이 들
면, 꺼지지 않는 환절기의 불씨가 보이고

얼굴 없는 그림자들이 악보를 넘기며
어두운 방에서 들리는 피아니시모의 흰자위를 살펴보
곤 했는데
그때마다 아무런 징후도 포착되지 않았다
다만, 다만……

다른 말을 하는 게 좋겠다, 이를테면 뒤를 돌아본 것
이 처음부터 잘못이었다는 뼈아픈 후회가 담긴 가방을
들고

고개를 돌리면 아무도 없는 빈자리, 저 멀리 반쯤 꺾

인 생애 앞에서
  촛불도 끄지 못하는 바람이 단조의 머리카락을 어루
만지며
  구슬픈 노래를 흘릴지도

  어디로 사라졌는지 알 수 없지만, 이라고 다급하게 쓴
편지
  그리움을 양육하는 권리는 포기하지 않는다, 라는 말
에 배어 있는 잉크가 채 마르기도 전에

  거기, 등 돌리고 있는 분 누구……신……지……

  저물어 가는 경계를 넘나드는 박쥐들이
  죄의 발톱을 감추고 눈물을 말리며 추모하는 영안실
의 불빛이 밝다, 아직은

  쿵쿵쿵, 문 두드리는 소리
  아아, 내 시간은 얼마나 남았을까

장례식
—가족사진

벽을 기웃거리는 햇빛도 죽어서 나갔다

낡은 액자 속에 박제되어 있는 사람들
사금파리를 먹인 실금 몇 가닥으로 지나간 세월을 통
제하는 유리벽 안에서
추억을 사주한 혐의가 추가되었다

산골짜기에서 바다로 흘러가는 강물처럼
환하게 웃고 있는 사람들의 마른 심장을 가로지르는
질주

명치끝에서 솟아나 세상으로 흘러가려 했던
유리의 강

사방은 꽉 막혀 있었다
몸을 뒤틀 때마다 금이 가는 것이 무서워
눈물의 흔적만 남긴 수배자들은 어느 강가를 헤매고
있을까

함께 찍은 사진은 이별의 전주곡

  어디를 가더라도 잊지 말자며 손이나 어깨를 꼭 잡고
있었는데

  집을 떠난 아픔이 발목을 시리게 한다

  기다려도 소식이 들려오지 않아 빛바랜 지층을 열어
보는 순간

  기억 속에 남아 있는 미확인 사건을 파헤치기 위해 피
도 마르지 않은 정수리를 두드리며 터지는 플래시

  섬광처럼 보였다 사라지는 표정들

  낡은 집과 함께 허물어질

  사각의 방에서 눈 하나 깜빡이지 않는다

  배수진이다

은하철도 999

푸른 하늘 은하수 민들레 성좌에 메마른 바람이 불어요 홀씨별이 날아가 푸른 싹을 틔워요 긴 꽃대 위에 외로운 별 하나 잉태해요 울음 골짜기에 등을 걸어요 바닥에 엎드려 살아가는 목숨들이 허름한 내복을 벗어요 마른 정강이에 부드러운 솜털을 매달아요

겨울에는 서쪽 나라에 갈 수 없어요 봄을 기다리는 동안 기차가 오지 않는 역에서 단잠을 자요 계수나무를 심고 토끼들과 놀아요 덮고 자는 신문지 너머 문맹의 햇볕이 간지럼을 태워요 서쪽 나라에 대공황이 찾아와요 날개 없는 소문이 우주로 날아가요 은하철도 999 건설 계획을 세워요 누구든 이용할 수 있고 어디든 갈 수 있는 새나라 새우주호 꿈의 극장 메인 뉴스를 장식해요

눈을 뜨면 그 많은 사람 중에 나를 아는 사람 아무도 없어요 그 많은 나라 중에 가고 싶은 나라가 보이지 않아요 우주 비행은 시작했는데 착륙할 행성을 찾을 수가 없어 둥둥 떠돌아다니기만 해요 우주 미아라는 말은 우

주학 사전에는 없는 말이에요

　별물이 흐르는 강으로 가요 먼 우주를 향해 홀로 노
저어 가요 돛대도 없고 삿대도 없다는 노래를 누가 만들
었을까요 서쪽 방향으로 핀 꽃들이 하얀 쪽배를 타고 가
요 바람결에 은하수 골짜기를 지나가면 그리운 서쪽 나
라가 보여요

너와 나는 있고 나와 너는 없다

너와 나 사이는 건조하고 나와 너 사이는 촉촉하다
너와 나 사이는 멀고 나와 너 사이는 가깝다
건너갈 수도 있고 건너갈 수도 없는 사이
무수한 소음과 먼지가 끼어 있고 발자국들이 무표정
으로 가라앉는 그곳

너와 나 나와 너 외에는 아무도 들어갈 수 없는데
누가 여기까지 와서 허물을 벗어 두고 갔을까
숨소리 하나 들리지 않는 탈의실은 적막조차 떠나 버
린 지 오래
쓸쓸함이 부려 놓고 간 그림자가 주인을 외면하며 몸
을 웅크리는 저녁이 오면,
정체를 알 수 없는 창백한 입술과 불안한 눈빛은
입구를 찾을 수 없는 날들만 가득한 낡은 수첩 속으
로 들어가
숨겨 두었던 낙진 덩어리를 꺼내 열을 식힌다

일 년은 열두 달을 책임지고

열두 달은 삼백육십오 일을 먹여 살리는 엑스파일,
지울 수는 없으나 깨지기는 정말 쉬워
적은 용량으로 무한대를 채울 수 있는 사람과 사람 사
이를 돌아다니며
메마른 가슴이 매달린 절벽에서 집을 짓고 목숨을 부
지한다
파일에 담겨 있는 이름과 이름 사이에는
유행이 지나 버린 수수께끼들만 가득
녹슨 비밀번호를 뜯어먹고 사는 무당벌레들이
암호를 풀기 위해 썩지도 않는 배설물을 무더기로 쏟
아 낸다

하나씩 삭제되는 목숨을 뜬눈으로 구경하면서
유서 한 장 남기지 않고 사라져 버린 거울은
너와 내가 나 자신이고 나와 네가 너 자신임을 알까
우리가 될 수 없는 너와 나 나와 너의 방식으로 살다
스위치가 사라진 방에서 어둠의 배를 갈라 추억을 꺼
내 먹는 밤,

얼굴을 저당 잡힌 채 울고 있는 사람들 속에서
숫자와 숫자 사이 또 다른 익명의 숫자들이 방황하는
거리에서 홀로 쭈그리고 앉아
마른 눈물을 떼어 내며 낯선 도시를 팔고 있는 사람

나와 너는 그가 누구인지 알지만 너와 나는 그가 누구
인지 모른다
그가 나와 너를 보았지만 너와 나를 보지 못했다면
과연 누가 나와 너이고 너와 나인가
답이 없는 문제를 푸는 동안 너와 나 나와 너 사이로
무심히 지나가는 너
너와 나 나와 너 사이에서 주춤거리는 나

天요일

세상에는 있으나 달력에는 없는 無요일을 지나
有요일이 오면 희미하게 보이다가 사라지는 마른 뼈들
의 행렬

지상의 건조한 요일에 갇혀 버린 철 지난 그리움이 식
어 갈 때
배고픈 위장 속에 숨겨 두었던 날들을 차례로 꺼내
비린 속살을 남김없이 쪽쪽 빨아 마실 수만 있다면
껍데기만 남은 요일들이 서로 싸우다 쓰러지는 소리를
잠결에 어렴풋이 듣지 않아도 된다

귀가 없어도 들을 수 있는 아득한 음성은 멀어져 가고
숫자가 되어서만 남게 될 땅 위의 흔적들은
죽어 버린 자들의 빈 무덤 하나 제대로 채워 주기에도
모자라
뼈아픈 눈물의 힘줄을 씹으며 자멸하는 저녁을 맞이
한다

회상의 저편에 암각 되어 있는 노래들이
소용돌이를 일으키던 끝에 돌풍으로 변할 때가 오면
1요일 이전과 7요일 이후에는 있으나
1요일과 7요일 사이에는 잘 보이지 않았던 그날

바람의 가시와 물의 송곳니와 불의 발톱이 빠지오며
나의 바람과 물과 불도 한꺼번에 사라지오니
마른 뼈에 살이 올라 따뜻한 그리움을 마음껏 먹게 될
上요일

세상에는 없으나 천력(天曆)에는 있는
위에서 아래로만 불어오는 바람의 나라가 온다

3부

사람을 소비하는 방식

친한 사람의 필요성을 느끼지 않는 생물학적 천성이 있다 사람이 그리울 때면 자기만의 방식으로 접촉한다 감정의 섞임과 요동을 겪는 생활은 얼마나 우스운가 오늘도 거리에 나가 사람들 사이에서 지낸다 카페에 홀로 앉아 사람을 즐긴다 SNS를 통해 사람과 관계한다 가까운 사람들은 서로를 소비하므로 소비되지 않는 타인만 소비하며 산다 사람을 소비하는 익명의 방식이 편안하다

에스프레소

스트레스가 쌓이면 에스프레소
폭발하면 에스프레소 더블

명함보다 반가운 쿠폰 용지에
도장 열 개 찍으면
무료로 한 잔 마실 수 있지

커피 중에 제일 저렴한 에스프레소를
홀짝거리는 시간이 편안하지

그는 얌전하고 소심해서
세 잔을 마시면 속이 쓰리지
양은 두 배 가격은 할인
더블이 제격이지

고상함을 잃지 않으려고
오늘도 홀로
카페에 앉아 있는 그에게는

에스프레소가 과음이고
더블은 폭음이지

애들을 놀이터에 보내기 싫은 이유

상대가 높아지면 내가 낮아지고
내가 낮아지면 상대가 높아지는 시소
높은 곳을 쳐다보고
낮은 곳을 내려다보는
위아래가 분명한 세상이지만
위아래는 영원하지 않습니다
시작할 때도 끝날 때도
땅에서 타고 땅에서 내려야 합니다

미끄럼틀은 두 발로 올라가
엉덩이로 내려옵니다
한 계단 두 계단 천천히 올라가
순식간에 미끄러집니다
오르막 계단에는 흙먼지가 앉아도
내리막길은 반질반질 윤기가 납니다
내리막을 무서워하지 말고
잘 미끄러지는 법을 배워야 합니다
마지막은 언제나 미끄러지는 길입니다

그네를 타는 게 제일 재미있습니다
줄에 매달려 앞으로 갔다 뒤로 갔다
반복해서 움직입니다
앞으로 나아가면 등이 서늘하고
뒤로 물러가면 가슴이 철렁합니다
줄을 타려고 기다리는 친구들이 많습니다
양보를 해야 하지만
어렵게 잡은 줄이라 더 신나게 탑니다

신발을 벗고 노는 모래밭
신발 안에서 발바닥을 괴롭히는
모래의 고통에서 벗어납니다
모래로 집을 짓고 소꿉장난을 합니다
맨발과 맨손으로 살면서
사랑도 하고 싸움도 벌입니다
잠깐 놀다 가는데도
옷을 털면 모래만 나옵니다

성형외과

파란과 파랗다 사이에서 파장을 일으켜야 할 때

파란하다와 파랗을 쓴다

푸르다가 아닌 파란하다로

파란이 아닌 파랗으로

파괴가 아닌 건설

교란이 아닌 확장

푸름과 푸르다의 탄생은 재해석으로 이어져

산이 푸름하다와 푸르 풀들과 나무들이라는

신개념을 유행시킨다

개나리는 노란하다 장미는 빨갛다

자신 있게 쓰다 보면

익숙해지는 표현들

파란하다 파란한 파란하게 파란했어요

마음껏 말해 보자

변형이 완전하게 정착되면서

입에 붙을 때까지

주홍글씨는 바래지 않는다

누가 새기는 걸까요 봄마다 가을마다 나타났다 사라지는 주홍글씨 풀과 나무와 들판과 산에 벌겋게 낙인이 찍혀 모두가 손가락질해요 쳐다보지 말고 자기 길을 가면 좋으련만 고개를 돌려 저벅저벅 다가오는 발자국 소리 들려요 내 안에 흐르는 피가 초록이 아니었어요 연둣빛 맑은 물이 흐르는 줄 알았는데 빨간 물이 진득하게 고여 있었나 봐요 계절을 피해 가지 못하는 색깔 입을 꼭 다물고 있어도 슬금슬금 배어 나는 주홍이 생살을 찢어요 거기서 흘러나온 새빨간 잉크를 찍어 누군가 글씨를 써요 뚫어지게 쳐다보는 시선 앞에서 빨가벗어야 하나 창피하지는 않아요 어차피 찍힌 낙인 체념하면 되니까요 그러나 눈물을 참지 못해요 저 어린 것들이 무슨 죄가 있다고 그런 삶을 살아야 할까요

풍금

숲속으로 난 창문을 열면 삐걱삐걱 길을 잃은 나무들
이 서로 어깨를 내어 주며 살고 있는 풍경 삐걱삐걱 눈
먼 그늘이 한 잎 한 잎 나뭇잎을 누르면 뿌리에서부터
숨 가쁜 호흡이 차올라 가슴속에 저장해 두었던 햇살의
기억을 허공에 풀어놓기 시작하는 풍각쟁이의 집 삐걱삐
걱 허기를 채우려는 짐승의 떼가 하얀 이빨을 드러낸 채
철없는 소리의 투명한 살점을 뜯어먹는 꿈이 살짝 보이
다 암전되면 삐걱삐걱 중풍으로 쓰러진 아버지를 붙잡고
울음을 쏟아 내던 어머니보다 먼저 알고 흐느끼는 텅 빈
쌀독 삐걱삐걱 길을 잃고 떠도는 바람이 상한 관절에 진
통제 맞는 저녁 삐걱삐걱 막다른 계단에 걸터앉아 있는
식구들은 삐걱삐걱 얼굴이 없었다

오동도 항해일지

물 위를 떠다니는 작은 섬 한 척, 파란 영토에 닻을 내렸다 바람이 불어 꽃씨가 펄럭이면, 바다를 건너야 하는 붉은 새들이 모이고 출항을 알리는 뱃고동 소리가 길게 울려 퍼졌다

드넓은 바다가 보이는 언덕에서 붉은 꽃잎들이 수군거리는 오후, 구름의 짝짓기는 풍문에 의존했고 어느 곳이든 가리지도 않았다 바람의 뼈가 할퀴고 갔을까 파도를 움켜쥐다 손가락을 베였을까 땅바닥에 엎드린 몸에 파도가 지나간 붉은 흔적들,

한번 떠난 곳은 다시 돌아가지 못했다 닻을 내린 곳에 마음을 붙이고 사는 것이 날개 없는 새들에겐 그나마 다행, 먼 길을 가는 자들의 안부를 듣기 위해 등대를 세웠으나 도무지 불빛이 보이지 않았다 수신호를 보냈던 기억을 되새기며 하룻밤 정박할 곳을 서둘러 찾아야 했다

밤낮을 가리지 않고 어둠 속을 더듬으며 항해하는 동

안, 태풍을 염려하는 항해사의 얼굴에 햇살이 몸을 비틀어 날려 보낸 그림자 몇 닢, 그리움을 피워 올린 저 거대한 붉은 함대는 언제쯤 빛나는 돛을 내릴 것인가

꽃그물을 내리면 3월에 만선을 이루는 꽃배들의 행렬, 밤마다 꿈을 터트려야 목숨을 부지할 수 있었다 흩어져 있는 어린 별들에게 꽃봉오리 하나씩 나눠 주기 위해 출항하는 날이 오면 비로소 깨닫는 항해 법칙 첫 줄

동백꽃 붉은 이파리들은 검은 바다로 날아가 별이 되었다 붉은 새들이 돌아와 지나간 항로를 점검하며 쓰는 항해일지, 동백의 출항지는 푸른 바다 은하수라고, 기록되었다

배수로 철창 아래

옹기종기 모여 사는 달개비
햇빛 잘 들고 물도 풍족해
대가족을 이루었다
그럴수록 고개를 내미는 습성
기웃거리기만 해도 다친다고 일러도
어차피 그곳에 뿌리를 내렸으니
바깥세상에 관심 두지 말고
발 디딘 터전을 만족하게 여기며 살라고
지나가는 사람들마다 간곡하게 말해도
들은 척 만 척
아랑곳하지 않는 저 청개구리 떼
손을 내밀다 못해 고개까지 내밀면서
막무가내로 창살에 매달린다
꿈쩍도 하지 않는 철창을
들어 올릴 수 있다고 믿는 것일까
저 감옥을 빠져나가면 된다고 생각하는 것일까
밖을 기웃거리며 살아야 하는 숙명
나오는 족족 잘라 버리는 비정한 세상

닮았다 너무도 닮았다
혀를 쯧쯧 차기도 전에
먼저 아파하는 행인 1
그는 반지하에 산다

주름

어디선가 문을 닫아걸고 숨죽이는 소리

창문도 없이 방은 사방으로 막혀 있고

철 지난 옷들이 목덜미를 붙잡힌 채 벽에 매달려 있다

굳은살 박인 손을 언제라도 받아 주었을 주머니는 입술이 불어 터져 있고

곡기를 끊어 기다림도 포기해 버린 듯 멍하니 입만 벌리고 있다

노점상 김 씨의 두 다리에 **빳빳**한 힘이 되어 주었을 수직의 자존심도

후줄근한 무릎과 함께 사라져 버렸다

뭉개질수록 깊어 갔던 주름의 길에 찾아온 노안

지하에 숨어 물길 노릇을 했던 수도관이 녹슬어 터지
더니

관절의 고통을 참을 수 없다며

녹슨 피를 흘려 지상의 길을 파괴하고 주름의 직선을
유실시켜 버렸다

밤도 깊어 불이 꺼지면

어둠 속으로 더듬더듬 걸어 나가는 주름

흔적도 없이 사라진 길이 녹슨 대못에 노구를 맡기고
있다

악어보호구역

대낮처럼 환하게 불을 밝힌 사육장의 밤

군침이 돌 만한 사건과 양념으로 쓸 광고를 고르면서
균형 잡힌 식단을 짜는 영양사들의 뇌가 분주하고, 입맛
에 맞는 먹이를 만들기 위해 검은 피를 묻혀 가며 윤전
기를 돌리는 조리사들의 눈이 번뜩이고, 아침마다 종종
걸음으로 뛰어다니며 늪 속의 우리까지 날라 주는 배식
담당자들의 지느러미가 활기차다

밤새 찍어 낸 사료는 비린내 나는 기사로 가득 차 있
어 냄새만 맡아도 내장이 꿈틀대는 왕성한 식욕을 제공
한다 포만감에 젖어 늪 속을 미끄러지듯 헤엄치다가 수
렁 밖으로 어슬렁거리며 출몰하는 악어 떼

먹다 버린 신문과 무가지(無價紙)들이 날카로운 이빨
사이에 잔뜩 끼여 있기라도 하면 부러진 날개 푸드득거
리며 날아온 늙은 새들, 골수를 빨아 먹혀 혼절해 버린
종이 뭉치 주워 물고 불 꺼진 둥지로 돌아간다

내일이 없는 도시는 사육사가 주인이다

폴라로이드

보고 말하는 것은
머릿속에 저장해 두거나
뇌를 며칠 동안 위탁해야 가능하다

본 것을 말해도 믿지 않을 뿐만 아니라
거짓말이라고 몰아붙이는 사람

눈으로 투사한 것을 혀로 밀어낼 뿐인데도
혀는 물론 눈까지 틀렸다고 기록한다

세 치 혀로 그린 그림의 실체가 나타나는
그 짧은 시간 동안
진실과 거짓은 살기 위해 경쟁하고
짝눈으로 본 것을 뱉어 낼 때까지
사건의 전말을 밝히려는 측과 막으려는 측의
격렬한 몸싸움이 벌어진다

만천하에 드러내려는 쪽과

철저하게 숨기려는 쪽 모두
축배의 잔을 들어 올린다

혀를 가졌으나 기능을 거세당한 시민들이
왁자지껄 쏟아 내는 인터뷰

기념사진 앞에서 1인 시위를 해도
해는 이미 기울어
눈동자엔 초점이 사라지고
굳게 다문 입속에는 혀가 없다

맨홀

도시의 지하는 거대한 감옥
맨홀 뚜껑이 소리 없이 사라지면
지하를 통제하는 컨트롤 타워에서는
파렴치범의 소행으로 위장하지만
탈옥을 꿈꾸는 자들의 목숨을 건 도박이라는 사실을
알 만한 사람은 다 안다
살갗을 검게 물들이는 죄를 견디지 못해
어둠 속으로 잠적했던 희미한 빛들
스스로 부러뜨린 늑골을 들고 지상을 두드리면
도시는 슬며시 공사중 표시판을 세워 놓고
대낮에 맨홀 뚜껑을 열어
죄악에 감염된 신호들이 수감된 병동과 협상을 하거나
주동자들을 색출해 철저하게 응징하곤 했다
만기 출소일이 되어 대문을 나서다
눈부신 햇빛을 손바닥으로 가리는 사이
오늘은 또 어떤 목숨이 끌려가
어둠과 내통했다는 슬픈 누명을 뒤집어쓰고
형체를 빼앗긴 채 감금당할 것인가

눈이 멀 정도로 빛나던 하늘의 맨홀에서도
밤만 되면 뚜껑이 천천히 열렸다 닫히는 순간
지상을 그리워한 별들이 뜬눈으로 떨어지곤 했다
죄를 지은 영혼들이 수감되어 있는 블랙홀
허락도 없이 문을 함부로 열면
뜨거운 피가 흐르는 검은 혈관들이 터져
지상을 덮칠지도 모른다
암호를 아는 사람만 들어가는 카타콤은
어두워도 길을 찾을 수 있는데
도시의 지하는 빛이 있어도 길을 잃는다

명절제국흥망사

거미는 단 하나의 중심에서
사방팔방으로 뻗어 가는 대로와 그 길을 촘촘하게 연
결하는 소로를 만든다

도로를 건설하는 자가 제국을 얻는 법
전쟁은 길에서 시작해 길에서 끝난다
길을 얻는 자가 승리하고 새로운 길을 닦으면 무혈입성
이다

눈이 어두워 허공에 걸린 올가미를 보지 못하는 목숨
들이 죽음을 당하는 제국
탐욕스러운 황제 한 마리와 황제에게 걸려든 자신을
통째로 바쳐야 하는 미물들

외곽은 끝도 없는 벼랑이었던가 배수진도 없이 뒷걸음
질 치다 비명횡사하기 무서워
면전에서 독기 서린 시선을 받는다
산 것만 먹는 위대한 식성을 위해

온몸에 독이 퍼지는 짜릿한 후식을 준비하며 전율한다

황제의 발자국 소리가 들리지 않는 밤
모든 길은 로마로 통한다는 말을 믿었던 자신이 어리석
었다는 생각

거미의 레이더에 걸려 모든 것을 헌납한 자들은
발버둥 치다 죽어 갈 수밖에 없었고
날개라도 찢어 바쳐야 목숨을 유예할 수 있었다

사라져 버린 제국의 유적은 지금도 기세등등해
명절만 되면 수직과 수평으로 이동하는 거대한 행렬,

어디선가 들리는 거미의 웃음소리

버저비터*

시간의 끝에서 던지는 것은 황홀하다
자신에게는 전부 다 마지막
한 번 떠나면 다시는 볼 수도 없다
사라져 가는 몸짓들을 볼 때마다
흥분도 미동도 하지 않았던 사람들
기회가 남아 있다는 것을 아는 이상
이기고 있다면 안간힘을 다할 필요가 없으나
지고 있다면 심혈을 기울여야만 하는 생의 중심에서
던지는 공은 삶의 축제여야 했다
인생의 끝에는 찬스가 올 것이므로
어차피 해야 할 것에 하나를 더하는 정도로는 안 되고
온 우주를 뒤흔들고도 남을 일대 사건
누구도 예상할 수 없고 대처할 수도 없는
회오리바람이어야 했던 것이다
경험조차 해 볼 수 없었던 충격적 도발
그러나 지나온 길을 뒤돌아보면
풀잎이 터는 이슬의 환호성을 지르지 못했고
소슬바람이 불고 함박눈이 쌓여도

최후의 슈팅인지 알지 못했다
전광판의 숫자가 점멸되는 순간
부모와 형제의 끝을 지켜본다
세상을 빠져나가는 마지막 잔치에서
매일 잠들었다가 다시 깨어나는 아침은
두려움으로 던지는 밤의 슈팅이었다

* 경기 종료를 알리는 버저 소리와 함께 성공한 골을 일컫는 농구 용어.

4부

억울하지 않은 계절

푸른 하늘을 날아다니는 무수한 물고기 떼들
투명해서 하나도 보이지 않는다

바위

부드러운 털을 가진 짐승이었으나
산꼭대기에 정착하면서부터
팔다리가 들어가더니
마침내 머리까지 들어가 버렸다

무엇이 들어 있는지도 모르게
어떤 것으로도 깰 수 없게
슬픔을 밖으로 밀어내
몸통만으로 버텨 온 시간

문제는 아랫도리였다
몰래 빠져나간 배설물들이 세상과 내통해
뜬소문만 퍼뜨릴 것 같아
항문까지 막아 버린 후
아무것도 먹지 않았다

눈물을 비치지 않으려고
구멍이란 구멍은 죄다 막아 버렸다

밖에서 안을 볼 수 없고
안에서도 바깥을 볼 이유조차 없어졌으나
코끝에 바람이 스치는 밤이면
벽을 부수려는
비명 섞인 소리만 들려왔다

버섯

땅속과 나무 틈을 비집고 나와
말랑말랑하거나 단단하게 자라는 버섯

음지의 벼랑에 방을 얻어
홀로 지내거나 샴쌍둥이처럼 붙어살며
슬픔을 달여 약을 만들고
상처를 짓이겨 독을 만드는 동안

흉터를 빠져나와
살처럼 부드럽게 차오르거나
옹이처럼 굳어져 버리는 기억들

조그만 흠집에도 진물을 흘리는 몸속에
생사를 초월한 포자가 흡입되면
그늘 한 줌 덮인 잠에서
헤어나지 못한다

이슬보다 진한 눈물이 마를까

안으로만 메아리치는 울음과 함께
꿀꺽 마셔 버린 검버섯 몇 알

식욕조차 사치라고 생각했을까
입이 없어지면 항문도 사라져 버릴 것만 같아
아랫도리를 더욱 옥죄는 삶

죽음은 한순간이라고 말하는
창백한 귀두

나비화석

선사시대에 살았던 나비 한 마리
날개가 바위가 되고 바위가 날개가 되기까지
내장이 녹아 미라가 되어도 좋았고
뼈가 으스러져 몸통이 사라져도 즐거웠다

하늘의 숨결이 살아 있는 날개 문양을
다음 세상에 전해 줄 수만 있다면
억만 년의 캄캄한 감옥 속에
날개를 박아 놓는 형벌도 두렵지 않았다

펄펄 끓는 바위 속에 갇혀 지내는 동안
한순간도 마음 편히 잠잘 수 없었지만
정신은 더욱 또렷해지고 귀도 점점 밝아지기만 해서
그럴수록 단단하게 압박해 오는 바위를
부드러운 날개로 버티며 견뎌야만 했는데

누르는 몸에 날개가 새겨진 것도 모르는 바위가
돌문을 쩌억 열어

나비의 영혼을 토해 낸 어느 새벽

날개는 죽지 않는다는 말씀을 돌판에 남겨 놓고
무덤에서 일어나 팔랑팔랑 날개를 흔들며
영원 속으로 날아간 나비 한 마리

빗살무늬토기의 재해석

한쪽 끝이 뾰족한 삼각형 토기는
부족의 추장과 그 가족들이
머리에 쓰는 토관이었다

비가 오지 않으면 농작물이 말라 죽는 세상에서
비를 잘 다스리라는 의미의 빗살,
통치의 상징을 단단하게
새겨 넣은 왕관이었다

부족의 안녕과 번성을 위해
대를 이어 자리에 오르는 추장들
긴 머리카락을 위로 묶어 올려
그 위에 토기를 씌워 주는 대관식

제사를 지내는 동안
날마다 머리에 쓰고
제단 앞에 무릎 꿇어 기도한다
땅과 하늘의 합일 빗살무늬토기가

천지의 정기를 받는 시간

흙의 기운을 받은 토면에
하늘의 말씀을 새겨 넣은
빗살 문양이 빛난다
천문을 읽을 때는 천관이 되어
땅에 엎드리고 하늘에 절하는
기우제의 절정

움집에 돌아와 토기를 벗는다
토기 안쪽 빈 공간이 정결하다
염원의 불씨를 보관하는 그곳

내일은 시원하게
비가 내릴 것이다

붉은 장갑

골목 후미진 곳에 버려진 붉은 장갑
손만 슬그머니 빠져나간 자리에 가득 찬 허기
손바닥에 피가 배도록 놓지 못했던
서러운 기억을 먹고 잠들어 있다
'그림자는 사람의 뼈'라는 학설이 퍼진 이후
어둠 한 자락이라도 마셔야 겨우
숨을 쉴 수 있었는데
언제나 불안하기만 했던 뼈마디들
하늘이 붉어질 때마다
손 하나가 짧은 그림자를 달고 다녔다
보이지 않는 손목도 저린다는 것을
처음 알게 된 그날
나를 따라다니는 뼈들을 보며
가슴속 불에 데인 자국을 식히기 위해
바람을 붙잡고 울음을 토해 냈다
우우 몰려가는 그 언덕엔 가지 말았어야 했는데
피 묻은 손 하나 두고 왔다고
나무 위에 높이 매달린 심장 앞에서

고개 돌린 죄 용서받을 수 있을까
떨어지자마자 바닥에 스며들어
흔적을 감추는 눈물과
다급히 자취를 숨겨 버린 붉은 뼈들이
실처럼 풀려 버린 지문이 끌려가 있다
막다른 골목들만 헤매다 나온
바람의 헛구역질
동굴 속 허기가 비리다

굼벵이

강남 사거리 눈부신 플라타너스 아래
몸을 웅크린 채 혼곤한 잠에 빠져 있는 한 사람

매미가 되기 직전일까
지하도 안에서 구르던 시절을 끝내고
번듯한 나무 밑에 자리 잡은 것을 보니
금방이라도 허물을 벗고 날아올라
목청 터지도록 울어 댈 것만 같다

언제부터 땅속에 있었는지 알 수 없으나
온몸에 시커먼 때를 보면
얄궂은 바람이 건드리고 갈 때마다
얼굴 찡그리며 꿈틀대는 것을 보면
구덩이 속 시간을 지나
빛을 꿈꾸는 시기가 도래한 것이 틀림없다

매미가 될 시간이 아직도 먼 유충들은
움직임이 분주하고 초조할 수밖에 없지만

홀연히 맞이할 부활의 날에
목울대가 찢어지도록 부를 노래를 위해
한 주름 힘까지 아껴 비축하는 성충들은
나무 그늘을 덮고 마지막 잠을 잔다

무관심했던 세월을 잊을 수는 있어도
뼈까지 녹여 버린 상처를 지울 수는 없어
눅눅한 몸을 말리기 위해 밖으로 나온
검은 고치 한 마리

흔들리는 가지에는 매달리지 않겠다고
잠꼬대하는 소리에
햇살도 깨우기 미안했는지
조심스럽게 흔들어 보다 출근한다

뿌리의 힘

꽁꽁 얼어 버린 땅에서도 동사하지 않고 살아남는 뿌리
차갑게 얼어붙는 겨울에 깃들어 사는 짧고 가느다란 뿌
리들 얼어 죽지 않는 이유

빈 들이나 무덤을 까맣게 태워도 불속에서 살아남는 뿌리
벌겋게 달아오르는 봄날 그곳에 세 들어 있는 뿌리들
타 죽지 않는 까닭

표면이라는 것
감싸고 있는 속을 숨겼다 들켰다 하면서 방어의 최전선
에서 중심 노릇까지 해야 하는 그 표면이라는 것
아무것도 아닌 것 같으나 실은 전부인 것이어서
그곳에 둥지를 튼 발톱이 뽑히지 않는

커다란 나무들은 죽어도 이름 없는 풀들은 죽지 않는다
살기 위해서라면
줄기와 잎을 스스로 버릴 수 있는 목숨들

나는 죽으면 눈동자만 남을 것이다 내 눈에서 자란
그 작은 뿌리들이 죽지 않는 한
죽어도 살았다고 할 것이다

내 눈에 맺혔던 실핏줄 하나
썩지 않고 싹이 난다면

화장하는 남자

눈썹과 아이라인을 그린다
상사 앞에서는 눈꼬리가 처지지 않게
아랫사람에게 일을 시킬 때는
두 눈에 힘이 들어가지 않게

입술에 미끈한 립스틱도 바른다
불평보다 격려를 해야 하는데
마음에 드는 색깔이 없어 침이 마른다

볼터치도 빠뜨리지 않는다
까다로운 고객들은 표정 관리가 중요해
밝은 색조로 섬세하게 꾸며 준다

퇴근하고 집으로 돌아오면
얼굴부터 살핀다

이마와 눈가에 주름 개선제를 바른다
아내의 잔소리에 미간을 찌푸렸다가는

날벼락이 떨어질지도 모른다

두 개의 직장을 가진 남자는
잠자기 전 화장을 지우고
편안한 잠옷으로 갈아입는다

불을 끄고 잠자리에 누우면
맨 얼굴로 돌아가는 남자

화장한 얼굴이 자기 얼굴인지
클렌징한 얼굴이 자기 얼굴인지
분간이 가지 않아 뒤척뒤척

우체통

그리움을 먹고 사는 빨간 물고기
소식이 마를 때는 아가미를 벌려 호흡하고
사연이 넘치는 날에는 하루에도 몇 번씩 토해 낸다

외로운 바닷가를 배회하다
육지 이야기를 묻는 파도가 부서지는 것을 볼 때마다
심해로 도망가곤 했다는 혹등고래의 생태기
기억 속에서 사라져 버린 지 오래다

다만 자신을 사육하는 우편배달부의 온기를 느끼고 싶어
오늘도 정해진 시간마다 삼켜 둔 편지를 토해 낼 뿐이다

심장을 찌르는 작은 열쇠 하나에
배를 열고 산란을 시작하는 암컷
바닥에 박힌 발의 감각이 사라져 버려
저린 것도 없고 마비도 없는 몸뚱어리가 되었어도
천연기념물이 될 날 멀지 않았다며
눈도 뜨지 않은 치어들을 내보낸다

깊이를 알 수 없는 동굴을 키우며
비가 오나 눈이 오나 수면 호흡만 하는
철갑배불뚝이 암컷만 있어 짝짓기의 계절은 없다

움직임을 허락받지 못한 감옥의 거리에서
빨간 몸에 얼룩지는 가로등의 반점들이
비늘이 되는 성장통을 앓는다

내일은 그리운 소식을 배부르게 먹었으면

병든 나무에 둥지를 틀다

시름시름 앓거나 나른하게 졸기만 하는 나무를 골라
길고 날카로운 부리로 따다닥 따다닥 쪼아 주는 딱따
구리
가지로 뻗어 가는 신경을 깨워
온기를 손가락 끝까지 퍼지게 한다
병든 나무 속에 알을 낳고 부화된 새끼들을 키우면서
나무의 아궁이에 불을 지펴 준다

노모의 병세를 듣고 달려온 딱따구리가
어미를 쪼아 둥지를 만든다
따다닥 따다닥 때려 주는 시원한 소리에
노모의 마음 한구석에 눈물이 핑 고인다
오랜 시간 정성껏 쪼아드린 덕분에
노모의 가슴속에 생긴 포근한 둥지 하나

나무를 벗 삼아 살아가는 딱따구리는
정들었던 집을 떠나야 할 때가 와도
나무의 건강이 나빠질 것을 걱정하지 않는다

가꾸어 놓은 둥지에 햇살과 바람이 놀다 가고
달과 별들이 어둠 한 자락 덮고 고운 잠을 자면서
나무의 푸른 꿈을 꿔 줄 것을 알기 때문이다

매화를 치다

어린 시절 미술에 소질이 있었다는 노파
병든 부모와 동생들 뒷바라지하느라 돈벌이에 매달려
야 했다
가난한 집으로 시집와서는 칠남매를 낳고 키우느라
그림 생각조차 할 수 없었는데
밑바닥에서 꿈틀대는 열망을 어쩌지 못하는 날이면
엎치락뒤치락 잠자는 아이들을 달력 뒤에 그리곤 했다
검정 싸인펜 하나로 선을 긋고 색을 칠하면서
눈물을 떨궈 농담까지 살리다 보면
주경야독처럼 지나가는 세월
뒤늦게 온몸으로 이겨 만든 구릿빛 물감 냄새
붓도 없이 맨손으로 누렇게 그려 놓은 매화 한 폭
거친 질감까지 살아 있었다
추사의 세한도에 버금가는 간결하면서도 힘이 넘치는
황매도가
자식들의 혼을 쏙 빼 놓을 기세로 한쪽 벽에 자리 잡
고 있었다
진경산수의 절제 기법을 터득했다는 희열 때문일까

벌써 다른 작품을 구상하고 있어서일까

물끄러미 벽화만 바라보는 자식에게 시선 한번 주지
않는다

어쩔 수 없이 그림판에 발을 들여놓았으니

이왕이면 날마다 한 점씩 그려 보기로 결심하고 있을
지 모른다

화구도 변변치 않고 물감 살 돈조차 한 푼 없는

궁색한 처지이나

눈치 보지 않고 마음껏 매화를 칠 수 있다는 생각에

정신이 한결 맑아지는 노파

내일은 국화도를 그리리라 마음먹은 뒷모습이

한없이 고요하다

흑련

추위가 닥쳐야 꽃을 피우는 산동네
시커먼 진흙 구덩이에서 건져 올린 연탄이
빨갛게 피어났다 사그라드는 계절
낮에는 해가 밤에는 달과 별들이 뜨고 질 때
붉은 꽃도 하염없이
피고 지고 지고 피고
불꽃을 가꾸는 사람들은
달동네 맑은 공기를 먹고 자란다는
그 귀하디귀한 꽃을
하루가 멀게 두세 송이씩 피워 내며 살아간다
난로나 보일러 아궁이에 숨겨 두면서
가족들에게만 쐬게 해 주는 온기
저물었을 때만 모습을 드러낼 뿐
만개하는 동안에는
제 형상을 보여 주지 않는 신비의 꽃
매서운 칼바람을 먹고 사는 탓에
투명한 향기 속 맹독을 지녀
한번 물리면 좀처럼 헤어나지 못한다

백련으로 마무리하는 마지막 생
빙판길에 하얗게 으깨어 납골된다
언덕을 오르내리는 사람들
등 밟고 무사히 가라고
바닥에 까는 압화는 겨울에도 얼지 않아
발바닥으로 쓰다듬으며
눈물을 쏟아내는 노인들
한세상 흐드러지게 피었다 저무는 동안
공기로 가득 채웠던 뼛속에서
푸드득 핏덩이 새 떼가 날아오른다

눈물

　어린 연어가 먼 바다로 떠나가는 뒷모습을 물끄러미
바라보며 눈물짓는 어미, 그 물이 1급수인 것은 어미가
흘린 눈물 때문이다

　새끼들이 동해를 지나 태평양을 건너 알래스카까지 갔
다가 목숨을 걸고 다시 고향으로 돌아오는 것은 어미의
눈물이 그리워서다

수선공 K씨가 절대자를 구술하는 방식

기혁(시인·문학평론가)

우리의 삶 너머 어떤 변하지 않는 진실이 있고, 그러한 진실을 찾는 무모하고도 간절한 작업을 하는 사람이 있다고 하자. 아마도 그는 우리 일상에서 지각되는 대상과 경험해 온 일들을 그대로 받아들이지 않을 것이다. 역사 저 너머, 일상의 경험을 초월한 객관적 토대가 있다는 믿음은, 손 내밀수록 미끄러져 내리는 수많은 실패와 좌절에도 불구하고 그의 작업이 계속될 수 있는 동인으로 여겨진다. 범인(凡人)의 눈에 보이지 않는 것을 보려는 사람, 타인은 물론 스스로를 타자화함으로써, 자신이 본 것마저 끊임없이 반성하는 사람에게 우리는 '시인'이라는 낭만적인 이름을 허락한다.

하지만 말을 바꾸어 보면 어떨까? 우리의 일상 너머 초월적인 지식의 토대가 있다고 믿는 사람이 있다고 하자.

아마도 그는 서양 철학의 한 축을 이루어 온 이데아에 대한 확신으로 넘실거리는 사람일 것이다. 자기중심적으로 세계를 파악하기보다는 경험 너머 절대적 가치를 긍정하는 사람일 것이며, 시시각각 변화하는 세계의 상대주의(relativism)적 허무에 맞서 객관주의(objectivism)적 진실을 믿는 사람일 것이다.

세계 너머의 무엇을 갈망하는 한 사람이 어째서 전혀 다른 방식으로 설명되는 것일까? 그는 신이 사라진 이 세계를 이원론적으로 파악하고, 균열된 현실을 초월한 절대적 존재와 대면하기 위해 저주받은 운명을 살았던 낭만적인 시인이다. 동시에 '시인 추방론'을 내세운 플라톤과 같이 현실 너머의 본질에 대한 무모하고도 간절한 탐구자이다. 이러한 말장난이 가능한 이유는 시인의 고유한 감각을 어떻게 바라보느냐에 따라 달라지는 공백이 존재하기 때문이다. 현실 너머 절대적인 무엇과 대면하려는 시인의 노력이 플라톤적 입장에선 이데아로부터 세 단계 떨어진 것일 수 있겠지만, 낭만주의자의 입장에선 부재하는 '신의 눈짓'일 수도 있다.

두 번째 시집 『바람의 구문론』(푸른사상, 2015)에서 짜임새 있는 상상력을 바탕으로 지각의 범위를 확장해 나가던 이종섶은 세 번째 시집 『수선공 K씨의 구두학 구술』에 이르러 논(論)에서 학(學)의 차원으로의 도약을 시도한다. 전작에서 시인이 본 것은 현실 너머 신의 언어일 수도 있고,

지성의 영역에서 치밀하게 따져 본 "바람"의 본질일 수도 있다. "바람은 그러므로 존재사다 모든 것이 되고 싶으나 아무것도 되지 않는다"(「바람의 구문론」)라는 시편의 구절을 곱씹어 보면서 우리는 "바람"의 화법을 파악할 수 있다는 시인의 낭만적인 믿음과, 그러한 믿음을 통해서 지각 너머로 확장되는 논증적 사유를 짐작하게 된다. "구문론"도, "존재사"도 일상의 언어를 초월하지만 그것들의 조합은 객관적 논(論)의 형태로 "아무것도 되지 않는"다는 "바람"의 본질을 증명하기 때문이다.

> 망막에 맺힌 진실 세포와 거짓 세포가
> 낮의 유채색과 밤의 무채색을 감싸며 플래시 세례를 받는다
> 지지파와 반대파로 갈라져 싸우는 번식 기간은 수 초,
> 뺏뺏한 나뭇잎에 배설물을 묻혀 탈색하고 다닌다
> (……)
> 개체 수는 줄어도 수명은 길어져 멸종동물이 되지 않는다
> ─「카멜레온」부분

이번 시집에 수록된 시편들 역시 이성과 감성, 본질과 실존, 밝음과 어둠 등의 단어로 손쉽게 위치시킬 수 없다는 인상을 준다. 시인은 명료한 도구적 언어를 경멸하지도 절대적 언어만을 찬양하지도 않는다. 다만 그러한 이분법적인 대립의 실체를 확인하고자 한다. 여는 시 「카멜레온」

137

은 시적 대상에 대한 객관적 관찰기이지만 "카멜레온"에 대한 가장 자의적인 해석이기도 하다. "진실 세포"와 "거짓 세포"는 하나의 "망막"에 맺히게 되고, 밤과 낮의 이분법적 대립 역시 하나의 "플래시 세례"를 받을 뿐이다. 역사적 발전의 필연성이 그러하듯이 이분법적 대립의 시간은 생산적인 "번식 기간"으로 명명된다. 그러나 그 시간은 겨우 "수초"에 불과하고, 결과물 역시 "빳빳한 나뭇잎에 배설물을" 남기는 것처럼 불온한 것으로 트랜스("탈색")되어 나타날 뿐이다. 결국 "카멜레온"의 본질은 일반적으로 표상되는 기회주의 등이 아니라, "개체 수는 줄어도 수명은 길어져 멸종동물이 되지 않는다"는 대립의 지속으로 정리된다.

오뚝이와 눈사람은 이란성 쌍둥이, 헤어져 살아도 피는 물보다 진해 넘어지고 쓰러져도 우뚝 서는 나날, 오뚝이는 바로바로 일어섰으나 눈사람은 꼬박 일 년이 걸렸다 (……) 생일이 언제인지 죽을 날이 언제인지 아무도 모르는 쌍둥이의 비밀, 몸을 일으키기 전에 마음을 먼저 일으킨다는 신념 하나로 견딜 수 있었다 서로 다른 세상에 놓인 탓에 쓰러드리면 일어서고 쓰러뜨리면 또 일어서는 동생 세우면 쓰러지고 세우면 또 쓰러지는 누이, 살아가는 방식은 다르나 복제된 DNA는 같은

　　　　－「이란성 쌍둥이에 관한 보고서」 부분

대립 자체에 대한 가치판단을 유보한다면, 우리는 조금 다른 차원에서 각각의 입장을 따져 볼 수 있다. 인용한 「이란성 쌍둥이에 관한 보고서」에서 시인은 "쓰러뜨리면 일어서고 쓰러뜨리면 또 일어서는" "동생"과 "세우면 쓰러지고 세우면 또 쓰러지는" "누이"의 차이를 언급한다. 그러나 이 차이는 선험적인 차원이 아니라 "살아가는 방식은(이) 다르"다는 원인으로부터 발생한 결과이다. 시인은 타자성이나 고독을 언급하는 대신 "복제된 DNA"를 발견하기 위해 "아무도 모르는 쌍둥이의 비밀"이 담긴 "보고서"를 작성한다. 그러한 "보고서"를 통해서 드러나는 바는 "이란성 쌍둥이"들이 "서로 다른 세상"에 놓여 있음을 절망하기보다는 "몸을 일으키기 전에 마음을 먼저 일으킨다는 신념 하나로 견"뎌 왔다는 굳건한 믿음이다.

그러한 믿음은 분명 현실 너머의 초월적 토대를 확신하는 객관주의(objectivism)적 입장을 취한다. 그럼에도 완전히 동일하게 "복제된 DNA"가 공략하는 지점은 지성적 영역 혹은 관념적 영역의 우위를 주장하려는 이분법적 사고 그 자체이다. 우리는 "마음을 먼저 일으"키려는 진지한 "신념"이 드러나는 방식을 좀 더 살펴볼 필요가 있다.

현장 경험에 바탕을 둔 K씨의 구두 수선학은 고대 이집트가 기원, 불확실한 미래가 뒷굽을 닳게 한다는 명제에서 출발한다 나일강 홍수로 침수된 뒷굽을 측량하고 불안한

앞날에 대한 두려움을 보상해 준다

―「구두 수선공 K씨의 구두 수선학」 부분

　의미상의 표제시라고 할 수 있는 「구두 수선공 K씨의
구두 수선학」의 첫 구절처럼, "현장 경험에 바탕을 둔 K씨
의 구두 수선학"은 수선공의 노하우가 축척된 개별적인
"현장 경험"을 보편적인 "수선학"의 차원으로 객관화하려
는 시도이다. 그러나 "불확실한 미래가 뒷굽을 닳게 한다
는 명제"는 이미 참과 거짓을 판단할 수 없고, 그러한 "명
제에서 출발한" 논의들 역시 판단이 불가능한 문장들을
연쇄시킨다. 다만 진리를 긍정하는 학문의 존재는 "불안한
앞날에 대한 두려움을 보상해" 줄 수 있는데, 현실의 경험
너머 초월적인 진실의 토대가 있다는 믿음은 곧 경험할 수
없는 것들이 그곳에 있으며, 우리가 원하는 대답을 들을
수 있다는 뜻이기 때문이다.

　유클리드 구두 기하학 총론 초등 수선학이 완성되는 날,
데카르트가 좌표 개념을 도입해 바닥 수선학을 주창한다
밑창이 꺾이거나 갈라졌을 때 필요한 창갈이학의 토대가 이
루어진다 발을 본떠서 수선하는 모방 기하학도 확립된다 걸
을 때마다 꺾이는 어제와 쩍쩍 갈라지는 오늘이 미적분 수
선학의 발견으로 감쪽같이 해결, 내일을 광낸다

―「구두 수선공 K씨의 구두 수선학」 부분

쥐구멍을 탐사해서 완성한 고양이 프로파일, 본능·발육·습성·영역의 네 개 항목으로 꾸며요 쥐새끼의 두려움이나 출몰 횟수 분석을 통해 독성을 높여요 '파일 두께 분의 이빨'을 '발톱 나누기 날카로움 제곱'으로 하면 가능해요 고도의 심리전으로 자백을 받아 내는 최면술이 백미, 오늘의 메뉴를 먹는 도중 근무 일지가 인멸한 유전인자의 법의학적·생물학적 증거를 게워 내요

　　　　　　　　　－「프로파일러 P씨의 고양이 프로파일」 부분

그런데 시집에서 언급되는 "—학"은 일반적인 학문과는 다른 의도로 호출된다. 시집 속 무수한 "—학"과 학술 서적을 패러디한 형식 등은 우리가 지각할 수 없는 대상들을 이미 구체화된 경험의 보편적 형태로 간주한다. 이를테면, '아르키메데스의 점'과 같이 확실하고 의심의 여지없는 유일한 것이 있어야 할 자리에 허무맹랑한 정보가 놓여 있는 셈이다. 이를 근거로 실질적인 수요나 효용성과 무관한, 유명무실한 분과 학문들이 명명된다. 「구두 수선공 K씨의 구두 수선학」에서 드러나듯이, "고대 이집트"를 근거로 한 "구두 기하학"은 다시금 "초등 수선학", "바닥 수

---

* 고대 그리스의 과학자 아르키메데스는 도르래와 지레, 무한 나사 등 간단한 도구의 원리를 이용해 지구를 움직여 보이겠다고 말했다. 유일한 요구 조건은 어떤 한 지점이 반드시 고정되어야 하고 움직이지 말아야 한다는 것이었다.

선학", "창갈이학", "모방 기하학", "미적분 수선학" 등 시
공을 넘나들면서 확산되는 시적 상황을 제시한다. 범죄심
리학서적 등을 패러디한 「프로파일러 P씨의 고양이 프로
파일」 역시 "쥐구멍을 탐사해서 완성한 고양이 프로파일"
에서부터 시작해, "근무 일지가 인멸한 유전인자의 법의학
적·생물학적 증거를 게워 내"는 단계까지 대상을 확장시킨
다. 이는 학문의 탐구를 위한 불변의 조건이 있어야 할 자
리에 다소 황당하고 유머러스한 문장을 배치함으로써, 일
차적으로 지식의 맹목성을 공략하는 것이다.

방송극은 1925년 체신국 시험방송의 조선극우회 낭독이
최초다 금속이나 유기질 섬유판의 원통형 연속극은 고정 배
우, 느린 속도, 신파가 특징이다 8·15 해방 후 교양물 때문
에 극이 위축된다 〈화랑 관창〉과 〈똘똘이의 모험〉이 100갤
런을 담는 강철 드럼을 생산할 때까지 전파를 탄다 18게이
지 강철로 만든 최초의 일일극은 1957년 〈산 너머 바다 건
너〉와 1960년 〈당쟁비화〉다

― 「드라마 앤 드러머」 부분

거대한 홍수에 빠진 아틀란티스는 보이지 않는다 홍수보
다 긴 가뭄이 진행되면 그제야 모습을 드러내는 아틀란티
스에는 물고기나 새들만 산다 상반신은 새요 하반신은 물
고기인 조어(鳥魚)가 산다는 루머는 전설이 된다

142

홍수가 끝난 후 새들이 날아와 젖은 날개를 말리며 살기
시작한 것을 보면 인류의 조상이 새라는 조류 학자의 가설
이 맞는지도 모른다 새가슴이나 새대가리 같은 비속어에 심
지어는 몸통이나 깃털이라는 고도의 표현에 이르기까지 그
흔적이 보이기 때문이다

—「아틀란티스」 부분

그러나 여기에는 어느 한쪽을 비판하거나 옹호하기 위한
시적 상황과는 구분되는 지점이 있다. 인용한 「드라마 앤
드러머」에서와 같이, "금속이나 유기질 섬유판의 원통형
연속극은 고정 배우, 느린 속도, 신파가 특징이다"라는 허
무맹랑한 문장이 도출되었을 때, 우리의 시선은 자연스레
역사적 사실의 유무, 명제의 참, 거짓에 대한 판단으로 이
동한다. 그리고 어떤 비판도 없이 문장이 야기할 문제들을
논의해야 한다는 결론에 이른다. 하지만 "드라마"와 "드러
머" 사이의 언어유희가 야기한 "〈화랑 관창〉과 〈똘똘이의
모험〉이 100갤런을 담는 강철 드럼을 생산할 때까지 전파
를 탄다" 등의 문장은 우리의 경험 내에서만 논란을 불러
일으킬 따름이다. 오히려 그러한 문장이 어째서 논란이 되
어야 하는지에 대한 진지한 고민의 시간은 주어진 적이 없
었다. 인용한 「아틀란티스」의 "하반신은 물고기인 조어(鳥
魚)가 산다는 루머는 전설이 된다"는 문장 역시 그러하다.

가능성의 차원에서만 바라본다면, "인류의 조상이 새라는 조류 학자의 가설이 (……) 그 흔적이 보이기 때문이다"라는 인과적 결론이 얼마나 우리의 경험 내에서 타당한지를 따지는 테이블에 속수무책으로 끌려 나올 수밖에 없다.

그렇다면, "드라마"와 "드러머"의 불가능한 개연성을 살피거나, 플라톤의 상상 속 "아틀란티스"를 "조어"와 관련해 따져야 하는 이유는 무엇인가? 언제든 경직될 수 있는 지식을 희화화하는 작업은 객관주의에 대한 비판적 태도를 취하면서도, 각각의 입장이 충돌하는 동안 간과되었던 한 가지 요소를 부각시킨다. 주장과 반박과, 반박과 재반박의 역사가 영원히 끝나지 않을 설전(舌戰)으로 귀결될 따름이라면, 그들의 역사에서 간과되었던 점은 바로 논리적, 학문적 충돌에 부여되는 '필연성'이다. 각각의 입장들은 분명한 논증을 기반으로 대결해 왔다. 그럼에도 그들이 벌이는 설전이 어째서 그토록 공고하게 옹호될 수 있었는지 반성할 여지는 없었던 것이다.

푸르다가 아닌 파란하다로

파란이 아닌 파랗으로

파괴가 아닌 건설

교란이 아닌 확장

(……)

자신 있게 쓰다 보면

익숙해지는 표현들

파란하다 파란한 파란하게 파란했어요

마음껏 말해 보자

변형이 완전하게 정착되면서

입에 붙을 때까지

　　　　　　　　　　　　　　－「성형외과」 부분

　"푸르다가 아닌 파란하다로" 언어와 사유가 변화할 때, 우리의 역사는 "파괴가 아닌 건설//교란이 아닌 확장"을 가리킨다. 그러나 그것이 결코 필연적으로 이루어진 일은 아닐 것이다. "푸르다"와 "파란하다"에 대한 여하한 논의에도 불구하고, "변형이 완전하게 정착되"기까지의 동력은 "마음껏 말"할 수 있는 개인의 자유, 즉 우리 삶의 자유이다. 하지만 필연성으로 설명되는 역사가 기술된 이후에는 그러한 자유가 개입했던 흔적은 사라지고 만다. 제목에서 드러나는 바와 같이, 필연성에 대한 반성의 시간을 박탈당한 개인들은 "성형"된 얼굴로 서로를 바라볼 수밖에 없다.

계절을 피해 가지 못하는 색깔 입을 꼭 다물고 있어도 슬금슬금 배어 나는 주홍이 생살을 찢어요 거기서 흘러나온 새빨간 잉크를 찍어 누군가 글씨를 써요 뚫어지게 쳐다보는 시선 앞에서 빨가벗어야 하나 창피하지는 않아요 어차피 찍힌 낙인 체념하면 되니까요 그러나 눈물을 참지 못해요 저 어린 것들이 무슨 죄가 있다고 그런 삶을 살아야 할까요
— 「주홍글씨는 바래지 않는다」 부분

"계절"에 따라 단풍이 드는 현상처럼, 정말로 의심의 여지가 없는 지식이란, 곧 "주홍글씨"와도 같다. "새빨간 잉크를 찍어 누군가 글씨를 써"서 지식을 만들어 갈 때, 그리고 그러한 지식이 이 세계를 모두 설명하려 할 때 우리는 부자유한 삶이 주는 "창피"에 무심해지거나 "체념"하면서 살아갈 수밖에 없다. 역사는 "저 어린 것들"에게 대물림될 것이고, 변하지 않는 "주홍글씨"는 필연적으로 아름다운 것이 될 것이다. 수많은 작가가 "글씨" 속에서 삶과 자유와 고독을 이야기하겠지만 그 "글씨"가 자연을 본떠 만들었다는 사실도, 우리 역시 하나의 자연이라는 사실도 떠올리지

못하면서 말이다.

　먹다 버린 신문과 무가지(無價紙)들이 날카로운 이빨 사
이에 잔뜩 끼여 있기라도 하면 부러진 날개 푸드득거리며
날아온 늙은 새들, 골수를 빨아 먹혀 혼절해 버린 종이 뭉
치 주워 물고 불 꺼진 둥지로 돌아간다

　내일이 없는 도시는 사육사가 주인이다
　　　　　　　　　　　　　　　－「악어보호구역」 부분

　자연은 태초의 신비를 간직한 절대적인 대상이었지만,
근대적 사유가 작동한 이래 보존과 관리의 대상으로 전락
해 버렸다. 자연은 이제 "먹다 버린 신문과 무가지(無價紙)
들"이 나뒹구는 곳에서 '보호'라는 명목으로 갇히게 된다.
자연은 "악어"의 "날카로운 이빨"을 지니고서도 지식의 찌
꺼기를 먹을 수 있을 뿐이다. 진정한 의미의 "내일"은 오지
않고 '오늘'이 반복되는 "도시"에서 "주인"은 가장 신선한
먹이인 '최신의 지식'을 독점한 자다. 지식의 논쟁이 계속
될수록 우리는 그것이 밝은 "내일"을 열어 줄 것으로 오해
한다. 실천의 가능성을 망각하고 점점 더 비대해지는 몸으
로, 문자와 지식이 먼저 거기에 있었다고 믿어 의심치 않
는다.
　이쯤에서 우리는 시인의 의도가 비난이나 비판에 있지

147

않다는 점을 눈치챌 수 있다. 시인은 이분법적 사유가 부딪치면서 역사적 발전을 이룩한다는 필연성을 객관적인 학문의 차원에서 회의한다. 실천이 결여된 학문이 생산하는 담론이 어디까지 확장될 수 있는지, 그리고 얼마나 우연성에 기대고 있는지를 우회적으로 드러내는 것이다. 얼핏 지성적 영역 혹은 관념적 영역으로의 과잉으로 비춰질지라도, 시집 제목인 『수선공 K씨의 구두학 구술』이 지시하는 바와 같이, 그것은 "구두학"이라는 불가능한 이상(理想)이 어째서 이상으로 머무를 수밖에 없는지를 논증하는 작업이다. 그리고 그 자체로 그것이 실현되어야 한다는 당위를 (재)확인하는 "구술" 작업이기도 한 것이다.

> 표면이라는 것
> 감싸고 있는 속을 숨겼다 들켰다 하면서 방어의 최전선에서 중심 노릇까지 해야 하는 그 표면이라는 것
> 아무것도 아닌 것 같으나 실은 전부인 것이어서
>
> —「뿌리의 힘」 부분

시인은 언어와 지식에 가장 민감하게 반응해 온 존재일 것이다. 그럼에도 이종섶의 "구술" 작업은 현실 너머 진리 자체가 아니라 "표면"을 말하는 쪽에 가깝다. 굳이 현상학적 사유를 떠올리지 않더라도, 불가해한 우리의 삶은 "속을 숨겼다 들켰다 하면서 방어의 최전선에서 중심 노릇까

지 해야 하는 그 표면이라는 것"에 속해 있다. 그리고 그
것은 불완전한 언어와 지식을 통하지 않고서는 전달이 불
가능한 것이다. "아무것도 아닌 것 같으나 실은 전부인 것"
이란 우리의 지각 너머에 있는 것이고, 정상적으로 작동하
는 지각의 범위에서는 결코 도달할 수 없는 영역이다. 실
현 불가능한 그 "전부"를 이야기하기 위해 불가능한 이상
을 말하는 쪽을 택한다는 것은, 결국 객관적이고 절대적
인 대상의 부재를 인정하고, 그것을 극복하기 위한 실천적
요청을 역설하는 것이다.

저기압은 저급하게 고기압은 고상하게 전단지를 돌린다
요란하게 일기예보를 치장한 구설수도 뿌린다 영호남 접경
화개장터의 전압이 높아진다 꿈에 부푼 나무들의 나이테가
방전한다 구미가 당기는 화제를 먹고 자란 가지들이 천 개
의 입을 벌린다 태양의 다섯 배로 팽창한다
— 「노이즈 마케팅」 부분

그린을 읽지 못해 모럴 해저드가 발생해요 무분별한 예측
이 회원권을 남발해요 컷오프의 꼬리가 귀에 걸려 내려오지
않아요 18홀까지 기다리기 어려워 슬쩍슬쩍 눈빛을 주고받
아요 캐디를 무시하는 어프로치가 소홀해요

(……)

해저드에서 표류하지 않으려고 친목과 사교를 익혀요 아마
추어 이기주의와 프로의 무책임이 필드 윤리학을 저술해요

―「필드 윤리학」 부분

그렇다면 시인이 요청하는 실천이란 무엇인가? "수선공
K"의 경우처럼 계층 및 종사하는 일에 대한 구분이 곧 사
회적 실재를 반영한다는 과장을 바로잡는 일일 것이다.[*]
이를테면, "저기압은 저급하게 고기압은 고상하게 전단지
를 돌린다"는 가정이 아무런 의심 없이 "태양의 다섯 배로
팽창한다"는 비상식적인 결과로 부풀려지는 것이다. 그 과
정에서 개입되는 것은 "그린"(현실)에 대한 "무분별한 예측"
과 실천이 결여된 행동이다. "아마추어 이기주의"에 빠진
대중의 소극적인 행동과 "프로(지식인)의 무책임"이 가중될
때, 우리의 "윤리"는 "모럴"이 아닌 "오럴" "윤리학"으로 전

---

[*] 미국의 실용주의 철학자 듀이는 예술의 사명을 다음과 같이 정리했다. "우리
는 사람들을 보면서 실행력 있는 사람과 반성적 사고를 잘하는 사람, 실천가
와 몽상가나 이상주의자, 감각적 경향을 가진 사람과 지적 탐구를 잘하는 사
람으로 구분할 수는 있다. 그런데 계층이 엄격히 구분되고 종사하는 일이 서
로 구별된 사회에서는 마치 그러한 구별이 사회적 실재를 반영하는 것으로 간
주되며, 따라서 그러한 구별이 지나치게 과장되고 강조된다. (……) 예술의 사
명은 경험 세계를 구성하는 모든 것들을 포괄하는 기본적이며 공통된 요소들
을 찾아내어 표현하는 데 있다. 그렇다고 해서 예술에서는 개개의 요소들을
경시하지도 않으며, 동시에 그러한 요소들을 몇 개의 개념으로 구분하는 논리
적이고 관습적인 견해를 인정하지도 않는다." 존 듀이 지음, 박철홍 옮김, 「인
간의 공헌」, 『경험으로서 예술』 2, 나남, 2016, p.115.

락하고 만다.

"수선공 K씨"가 우리에게 상기시키는 이미지 역시 고정되어 있고, 그가 어떤 학문을 언급하더라도 우리는 그의 이미지를 쉽게 허물어트리지 못한다. 왜냐하면 익명의 "수선공 K씨"에게서 읽어 낼 개별적인 요소를 찾아낼 수 없기 때문이다. 그렇다고 "구두학"을 "K씨"의 보편적인 요소라고 말하기도 어렵다. 그럼에도 "구두학"이라는 불가능한 학문이 완성된다면, 우리에게 지각되는 "수선공 K"씨는 조금 다르게 다가올지도 모른다. 허무맹랑한 "구두학"이 계속해서 "구술"될수록 통념상의 사회적 이미지는 균열을 일으킨다. 즉 우리가 "구두학"의 존재를 인식하고 관심을 기울이는 동안에는 "아무것도 아닌 것 같으나 실은 전부인 것"(「뿌리의 힘」)이 드러날 가능성 역시 달라지는 것이다. "반지하" 방에 "옹기종기 모여 사는 달개비"(「배수로 철창 아래」)도, 도시의 어둠 속에서 "탈옥을 꿈꾸는 자들"(「맨홀」)도, "골목 후미진 곳에 버려진 붉은 장갑"(「붉은 장갑」)도 우리가 알지 못하는 나름의 '생각'을 지니고 살아가는 존재로 인식될 수 있다.

늙어 가는 가죽 품평회가 열린다 검은 물약을 마시면 외출이 허락되는 날, 구두 수선학이 기하학을 만나 비약적인 발전을 약속했으나 수선공 K씨의 연구는 지지부진, 전산망 마비로 결론을 쓰지 못한다 미개척 분야 20세기 말 신상 수

리학 때문이다

-「구두 수선공 K씨의 구두 수선학」 부분

그러나 생각함으로써 존재하는 데카르트적 절대 개인은
근대 이후에도 실현되지 못했다. 타고난 신분과 직위에 따
른 '생각'은 결코 균일한 가치를 지닐 수 없었고, 근대 이후
에도 권력과 관련된 일들은 그 경중이 달랐던 것이다. 수
선공 K씨의 구두 수선학 역시 새로운 학문적 사유인 "신
상 수리학"으로 인해 소멸할 처지에 놓인다. "전산망 마비"
가 어떤 의미인지는 확신할 수는 없으나, "20세기 말"이라
는 내용으로 미루어 2000년대 '밀레니엄 버그'를 의식했으
리라 짐작된다. 세기말의 공포는 결국 핵미사일의 오작동
에 대한 공포이고, 무기의 통제 (불)가능과 관련된 생각은
다른 어떤 생각보다도 우선하게 된다. "신상 수리학"이 낡
은 신발을 수선하는 것이 아니라, 새로운 상품[新商品]을
구입 즉시 발에 맞추어 주는 수선 서비스라면, 그 배경에
는 신상품이 낡기를 기다리거나, 낡은 상품의 수리가 불필
요하게 여겨질 만큼의 공포가 작동했다고 볼 수 있다.

상대가 높아지면 내가 낮아지고
내가 낮아지면 상대가 높아지는 시소
높은 곳을 쳐다보고

낮은 곳을 내려다보는

위아래가 분명한 세상이지만

위아래는 영원하지 않습니다

시작할 때도 끝날 때도

땅에서 타고 땅에서 내려야 합니다

—「애들을 놀이터에 보내기 싫은 이유」 부분

　비록 종말도 밀레니엄 버그도 발생하지 않았지만, "수선공 K씨의 연구"는 실패했다. 그리고 우리는 실패의 원인을 핵미사일에서도, 밀레니엄 버그에서도, "신상 수리학"에서도 찾을 수 없다. 이들 사이의 관계는 필연으로도 우연으로도 완전하게 설명되지 않는다. 믿을 만한 사실은 인용한 시편에서 드러나듯이, "위아래가 분명한 세상이지만/위아래가 영원하지 않"다는 것뿐이다. '아르키메데스의 점'이 한곳에 고정되어 있더라도 우리의 삶은 "놀이터"에서조차 "영원"을 허락하지 않는다. 시집에 수록된 다수의 시편에서 희망적인 후반부는 좀처럼 보이지 않는데, 그 원인 역시 "영원"에 대한 불확실성에서 비롯되었을 것이다. 그렇게만 본다면 현실의 시간은 죽음을 향해 흐르고 "죽음보다 출산에만 관심을 가진다는 대멸종의 시대, 접은 날개 깊숙한 곳에서 자라는 발톱이 제 심장을 찌를 것"(「시조새 생존기」)을 기다리는 것 말고는 달리 취할 수 있는 행동이 없다.

푸른 하늘을 날아다니는 무수한 물고기 떼들
　　투명해서 하나도 보이지 않는다

　　　　　　　　　　－「억울하지 않은 계절」 전문

　다만 생각의 순서를 조금 바꾸어 볼 여지는 남아 있다. 계층 및 종사하는 일에 대한 구분이 곧 사회적 실재를 반영한다는 문제는, 특정한 계층이나 직업 종사자만이 아니라 누구에게나 절망적인 결과를 가져올 수밖에 없다. 또한 우리의 삶은 언제든 추락할 수 있고 그것의 원인은 단순한 인과로 파악되지 않는다. 삶의 고유한 원리가 "푸른 하늘을 날아다니는 무수한 물고기 떼들"처럼 여겨진다 해도 결국 "투명해서 하나도 보이지 않는" 상황이 초래되는 것이다. 허공에 손을 휘젓는 우스꽝스러운 행동은, 어떻게 바라보느냐에 따라 무모하고 절망적인 몸부림일 수도, 이상에 다가서려는 최초의 움직임일 수도 있다. 다만 시인은 "억울하지 않은 계절"이라는 제목을 통해 행위의 가능성을 부정하지 않는 듯하다.

　　기회가 남아 있다는 것을 아는 이상
　　이기고 있다면 안간힘을 다할 필요가 없으나
　　지고 있다면 심혈을 기울여야만 하는 생의 중심에서
　　던지는 공은 삶의 축제여야 했다
　　인생의 끝에는 찬스가 올 것이므로

(……)

경험조차 해 볼 수 없었던 충격적 도발

그러나 지나온 길을 뒤돌아보면

풀잎이 터는 이슬의 환호성을 지르지 못했고

소슬바람이 불고 함박눈이 쌓여도

최후의 슈팅인지 알지 못했다

전광판의 숫자가 점멸되는 순간

부모와 형제의 끝을 지켜본다

세상을 빠져나가는 마지막 잔치에서

매일 잠들었다가 다시 깨어나는 아침은

두려움으로 던지는 밤의 슈팅이었다

－「버저비터」 부분

이러한 생각을 따라가다 보면, 삶의 진실이란 현실을 초월하는 객관적 토대를 지닌 것처럼 보인다. 그것은 개인의 믿음이나 결과와 관계없이 불변하는 절대성을 지니고 있다. 마르크스주의 문학평론가이자 신학자이기도 한 테리 이글턴의 견해를 참고하자면, 그러한 초월적 세계를 관장하는 신의 존재는 세계의 창조가 인과적 결말이 아니라는 점을 반증한다. 그로 인해 이 세상을 지배하는 규칙을 선험적인 원칙으로부터 추론해 낼 수 없는 것이다. 반대로 과학은 세상이 실제로 어떻게 돌아가는지를 정확하게 관찰하는 역할을 부여받았다. 만약 신이 존재하지 않는다면 과학자 역시 할 일이 사라지는 것이다.*

유한한 경기 시간이 종료되고, 먼 거리에서 손을 떠난 농구공이 마지막 포물선을 그릴 때, 우리는 신의 이름을 부른다. 그러나 신의 존재가 있다고 해서 "이기고 있다면 안간힘을 다할 필요가 없으나/지고 있다면 심혈을 기울여야만 하는 생의 중심"이 무용해지는 것은 결코 아니다. 삶은 인과적 결론을 내릴 수 없는 수많은 순간들 때문에 가치 있는 것이고, 그러한 이유로 인과적 설명이 가능한 영역에서 최선을 다해야 한다. 그렇게 최선을 다할 때 누구에게나 "던지는 공은 삶의 축제"가 될 수 있다. 다만 우리는 그것이 "최후의 슈팅인지 알지 못했"기 때문에 "두려움으로 던지는 밤의 슈팅"만을 반복하곤 한다. 게다가 "밤"의 몽상 속에서 "슈팅"의 성공 여부를 따져 보는 작업은 동원된 지식과 경험이 치밀하고 정확해질수록 "삶이 축제"를 연기시킨다. 성공과 실패의 대립 속에서 그 모든 책임을 오롯이 자신의 몫으로 돌려 버리고, 스스로의 고립을 자초하기 때문이다.

어린 연어가 먼 바다로 떠나가는 뒷모습을 물끄러미 바라보며 눈물짓는 어미, 그 물이 1급수인 것은 어미가 흘린 눈

---

* 테리 이글턴 지음, 강주헌 옮김, 『신을 옹호하다: 마르크스주의자의 무신론 비판』, 모멘토, 2011, p.20.

물 때문이다

　새끼들이 동해를 지나 태평양을 건너 알래스카까지 갔다
가 목숨을 걸고 다시 고향으로 돌아오는 것은 어미의 눈물
이 그리워서다

−「눈물」 전문

　다시 "수선공 K씨의 구두학"을 떠올려 보자. 그것은 "구
두학"이라는 객관적 진리를 찾아가는 작업이지만, 동시에
수선할 수 없는 대상들, 닳고 망가진 원인을 파악할 수 없
는 대상들을 위해 존재하는 것이다. 우리가 살아 움직이
는 한 그러한 초월적인 토대는 언제나 작동 중이다. 마지
막에 배치된 시편에서 우리는 "어린 연어가 먼 바다로 떠
나가는 뒷모습"을 보고 "눈물짓는 어미"의 자명한 인과를
파악할 수 있다. 하지만 스스로 선택할 수 없는 모자(母子)
의 인연이 어째서 "그 물"을 "1급수"로 만드는지 우리는 알
지 못한다. "어미"의 "구술"이 가능하다면 이유가 숨어 있
을 테지만, 그 "구술"에는 논리로 설명되지 않는 수많은 비
밀이 잠재되어 있을 것이다. 그리고 말할 수 없는 바로 그
이유 때문에 다 자란 "연어"는 "목숨을 걸고 다시 고향으
로 돌아오는 것"이다.
　대상들 사이에 존재하는 불가해한 감정들, 어떤 과학으
로도 설명되지 않는 절대적인 토대는 삶을 건 실천을 동반

할 때 비로소 우리에게 모습을 내비친다. '지금, 여기'의 불안으로 인해 초월적인 토대를 망각하지만 않는다면, "수선 공 K씨의 구두학"은, "구두학"을 위한 그 모든 "구술"은 결코 무용지물이 아니다. 각자의 삶에 맞춰 길들여지는 낡은 구두처럼 낮은 존재들, 유일무이하고 이름 없는 존재들의 성서가 시집의 겉표지로 감싸여 있다.

시인수첩 시인선 025
수선공 K씨의 구두학 구술

ⓒ 이종섶, 2019

초판 1쇄 인쇄 2019년 7월 8일
초판 1쇄 발행 2019년 7월 22일

지은이 | 이종섶
발행인 | 강봉자·김은경

펴낸곳 | (주)문학수첩
주   소 | 경기도 파주시 문발로 214-12(문발동 511-2) 출판문화단지
전   화 | 031-955-4445(대표번호), 4500(편집부)
팩   스 | 031-955-4455
등   록 | 1991년 11월 27일 제16-482호

홈페이지 | www.moonhak.co.kr
블로그 | blog.naver.com/moonhak91
이메일 | moonhak@moonhak.co.kr

ISBN 978-89-8392-750-7   03810

「이 도서의 국립중앙도서관 출판예정도서목록(CIP)은 서지정보유통지원시스템
홈페이지(http://seoji.nl.go.kr)와 국가자료공동목록시스템(http://www.nl.go.kr/
kolisnet)에서 이용하실 수 있습니다.(CIP제어번호: CIP2019022364)」